W0365487

Caroline Boidé

L'AMOUR AURA TES YEUX

ÉQUATEURS

L'auteur a bénéficié pour l'écriture de ce livre du Programme de résidences d'écrivains de la Région Île-de-France.

ISBN : 978-2-3828-4431-1.

Dépôt légal : février 2023.

© Éditions des Équateurs / Humensis, 2023.

170 *bis*, boulevard du Montparnasse, 75014 Paris.
editions-des-equateurs@orange.fr
www.editionsdesequateurs.fr

« I feel there is something unexplored about women that only a woman can explore. »

Georgia O'Keeffe.

Âge d'or

La sensation de remonter un trésor du fond des mers. Un trésor jamais perdu. Ce trésor qui m'a faite.

Je laisse glisser une à une les lettres hors de l'enveloppe brune rangée vingt-cinq ans dans ma chambre d'enfant, les voilà chez moi après la vente du pavillon de mes parents. Depuis deux ans, je suis installée avec mon mari et mes deux enfants dans la maison au figuier. Je n'ai jamais retouché à l'enveloppe. Aujourd'hui je la renverse.

Je suis la seule à avoir lu ces lettres. Ni mes parents, ni les professeurs de l'époque, ni les avocats n'ont mis leur patte dessus.

J'ai tenu bon sur mon or.

Je ressens de la tendresse pour cette jeune fille qui, par instinct de survie, de préservation aussi, n'a rien lâché. Avais-je la prescience du *jardin secret*? Je ne sais. Il y avait peut-être quelque chose de plus animal dans mon refus, de plus vital à mettre sous scellés.

De quoi fallait-il se défendre?

Je m'installe dans mon bureau après avoir déposé mes enfants à l'école. La journée est à moi. Les souvenirs sont couchés sur mon bureau, comme on dort confiant. J'ouvre la fenêtre, elle donne sur le figuier aux branches sucrées et au tronc sec. L'air se glisse dans mon chemisier, me fait frémir. Les ouvriers du chantier d'en face sont déjà à la tâche. J'ôte mes chaussures et me tiens un instant en silence, les jambes croisées sur ma chaise. J'approche le paquet de lettres, les respire. Je ne retrouve pas d'odeur particulière mais une écriture au Bic étrangement familière.

Je déplie un papier rectangulaire, on dirait la photocopie d'un programme de spectacle d'élèves. En haut à gauche le logo « *Comédie d'un jour – petite pièce enfumée* ».

> « — Des questions ? Des questions ? (Tous s'en posent.)
>
> — Pas de questions ! Bon, alors, PUB !
>
> Il y a une vraie salle, des coulisses, du son et de la lumière, une affiche, un programme, une entrée payante, quelques costumes, quelques accessoires, un peu de maquillage. Tout comme au théâtre.
>
> Il y a eu des séances pour apprendre à se concentrer, à ne pas jouer de dos, à articuler, à timbrer et projeter, à libérer et contrôler. Tout comme au théâtre.
>
> Il y a des amateurs qui aiment. Comme des "pros", parfois.

Il y a 18 volontaires – de quinze ans… hélas… – entre un contrôle et une peine de cœur, un souci familial et une mauvaise tête. Aucune sélection. Atelier pour tous.

Il y a un projet. Faire et montrer. Aller ensemble jusqu'au bout.

Montrer quoi ? Ça parle de quoi ? Où est la pièce ? Où est l'auteur ? Nous avons cousu des moments de travail technique, des textes. Plus ou moins bien. Comédie d'un jour.

Tout fait spectacle. Un rien fait théâtre. Quand c'est à voir.

F. »

Je retrouve le ton de celui qui était alors mon professeur de latin et de grec en quatrième, son goût du jeu, sa passion pour les Humanités, sa nostalgie de l'enfance. J'entends la bande-son de notre spectacle, une chanson de Paolo Conte. *Come Di.*

« *Ma cos`è la luce piena di vertigine,*
sguardo di donna che ti fulmina
come di, come di

come di antica amante vista a Napoli
con lontanissimi binocoli
comédie, comédie d'un jour…

Mais qu'est-ce la lumière pleine de vertiges,
regard de femme qui te foudroie,
comme celui d'une, comme celui d'une

comme celui d'une ancienne amante vue à Naples
de très loin avec des jumelles
comédie, comédie d'un jour... »

Une note intitulée *Caroline* contient des indications pour le spectacle. F. et moi avions fait connaissance en classe puis sur un plateau de théâtre. Une fois par semaine, il animait un atelier qui avait lieu le soir, en dehors du collège. À la fin de l'année, avec d'autres élèves, nous avions présenté un spectacle. J'interprétais Créon, en tee-shirt noir. Mathilde au tee-shirt rouge, élève de troisième, jouait Antigone. Dans une autre scène créée à partir d'une improvisation, je portais une robe bigarrée, des collants verts et des Doc Martens jaunes. Je mimais une scène de surprise face à un miroir.

Nous nous étions rencontrés entre la comédie et la tragédie. À jouer un registre puis l'autre, j'apprivoisais sous son regard quelque chose de personnel, aussi grave que léger.

Quand avais-je cessé de m'amuser avec mes poupées Barbie et de m'endormir avec ma peluche favorite, un singe râpé ? Depuis quand étais-je passée de presque enfant à presque adulte ? Ma première boum avait eu lieu deux ans auparavant, un après-midi, dans un garage plongé dans le noir. Je portais un body blanc à fleurs bleues. J'étais en sixième. Un certain Gilles aux cheveux roux, au tee-shirt sombre, à la peau parfumée de *Drakkar noir* m'avait offert mon premier baiser fourré au cours d'un slow mémorable, sous une boule à facettes. La féerie de l'enfance se parait de volupté. L'univers était en expansion.

Durant l'année scolaire, F. me reconduisait chez moi après les ateliers de théâtre. Mes parents avaient accepté sa proposition qui leur évitait des trajets. Ça doublait le sien. J'étais assise dans sa voiture avec mes rêves, mes angoisses de collégienne, mes désirs d'ailleurs, mes espoirs, mes plaisirs et mes ambitions. Dans l'habitacle de sa Volvo, nos conversations prolongeaient l'intensité de la séance de théâtre qui venait d'avoir lieu, souvent en la commentant par le menu détail. Des instants fugitifs comme autant de faveurs accordées.

C'est l'ambivalence de cet homme qui m'avait troublée dès les premiers instants ; un mélange de puérilité et d'autorité, de jeu et de tendresse exquise, de charme et de virilité défendue. Je me couchais tard ces soirs-là, pleine des mots et des émotions partagées. Notre spectacle était censé être le point final de l'année. La ponctuation peut devenir l'allié des êtres qui se découvrent. Les points de suspension disent ce qui ne veut pas finir. J'en ajoutais des lignes cet été-là.

#NotMe

À quatorze ans, j'ai vécu un amour répréhensible. Aujourd'hui, il passerait même pour un crime. Je l'ai vécu comme une chance. J'aimerais l'approcher, regarder de près la fillette que j'ai été, à qui la femme doit tant.

Ma relation avec F., de trente ans mon aîné, a sans doute été ma manière de me construire en dépit de ma famille, peut-être même de m'édifier contre elle. Son regard m'a portée sur le chemin particulier qui mène de la jeune fille à la femme.

Mon trésor était un homme interdit qui à mes yeux m'appartenait.

Un homme que je mettais à l'épreuve, torturais délicieusement, avec qui je jouais le double jeu de la clandestinité et du désir. Il était mon pays imprenable, ma musique intérieure sourde à tout autre.

Ce livre qui retrace mon histoire dans le contexte de ma famille avec pour horizon la femme que je suis devenue, je l'écris pour mes filles. J'aimerais qu'elles sachent ce qui s'est transmis d'une génération à l'autre, au plus intime, que cet amour a essayé à toute force de conjurer. Emprise ? Au contraire : mon premier acte de liberté.

Hors saison

Entracte, dirait-on. *Déjà?* serait-on en droit de répliquer. J'aimerais simplement préciser ceci à mon lecteur. J'ai vu F. se démener. Il n'était pas un pervers – l'époque à la gâchette-étiquette facile en la matière – mais un homme troublé et embarrassé. J'aimerais en savoir plus sur lui, sur sa femme et ses deux enfants. Quelle partition, à travers notre duo, s'est jouée entre eux?

Je voudrais aussi exprimer ma dette à l'égard de la jeune fille que je fus. Et délivrer autant que possible, par l'écriture, le tourment de cet homme, porter l'écho de ses nuances sans participer au mot d'ordre de l'enfouissement.

Honorer mon amour adolescent, c'est peut-être aller jusque-là.

Le ciel est gris et bas. Impossible de savoir où nous en sommes dans la semaine. C'est égal. À la retraite, on est moins regardant.

Donc, ce matin-là, F. emprunte le chemin qui mène à la boîte aux lettres. Comme hier à la même heure, il s'est rasé de près au premier étage. Il a attrapé une chemise sur la pile bien repassée, ajouté un pull côtelé et un pantalon de velours. Sa grande tasse de café est avalée. Rien ne le prépare à cette enveloppe épaisse.

Sur la table de la cuisine, il repousse les journaux et quelques factures acquittées, qu'il a la manie de conserver dans un classeur. À soixante-dix-sept ans, ses armoires en sont pleines. Le chat cherche la chaleur dans son cou, il le jette par terre. Il ne reconnaît pas l'écriture sur l'enveloppe. Au dos, pas d'expéditeur. L'envoi ne semble pas demander de réponse. Seulement remettre quelque chose, mais quoi ?

Il a un mouvement de recul en découvrant que cette masse brune contient ses propres lettres et d'autres écrites sur du papier d'écolier. Un prénom venu de loin lui saute au visage.

Le flot des souvenirs l'éblouit soudain. Elle avait quatorze ans, il était son professeur de latin, de grec et de théâtre. Leur relation fit scandale.

Pourquoi me rendre nos lettres aujourd'hui ? se demande-t-il. L'époque #MeToo a ses adeptes. Cherche-t-elle à m'humilier, me punir, me renvoyer à ma vie chétive ? Me dire que j'ai été pervers, qu'elle en a été blessée à jamais ? Me menacer, me faire chanter ? Comme elle a choisi sa date… N'était-ce pas hier que cette pauvre patineuse accusait son ancien entraîneur d'agressions sexuelles ? Le monde du cinéma, des lettres, du théâtre, des médias, de la politique et maintenant du sport débusque ses coupables et produit ses mots d'ordre. F. cherche ses calmants qu'il avale en tremblant. Il remet à plus tard la lecture des lettres, à moins qu'il ne les brûle.

Il jure qu'il était prêt à tout déchirer tout à l'heure, mais il y eut ce mot glissé entre deux pages.

> « Ce fut à peine deux ans.
> La belle empreinte fut à jamais. »

Il est surpris. Éprouverait-elle de la gratitude à mon égard ? Mais ce n'est pas de saison.

Il se sent un peu fébrile en dépliant le premier papier. Il s'agit de la photocopie d'un article du *Monde* du 17 juin 1995 signé Michel Cournot, titré : « Les durs travaux des apprentis comédiens du Conservatoire national d'art dramatique de Paris ». Il est question de professeurs qui ont le trac pour leurs élèves dont certains jouent comme des anges. Dans son souvenir, mon interprétation de Créon avec mes cheveux bruns tirés en arrière et mon regard noir n'avait rien d'angélique. Quelle trace du théâtre est restée dans sa vie ? se demande-t-il.

L'article mentionne *Le Soulier de satin* de Claudel. Dix ans après notre rencontre, je tenterai l'entrée du Conservatoire dans le rôle de Doña Musique. Je m'étais donc avancée où F. m'avait soufflé de le faire.

Cet homme âgé à présent, seul dans la cuisine, avec ses chromes piqués de rouille, ses cretonnes fleuries et ces bribes de souvenirs répandus sur la table, devine à peine ce qu'il a semé en moi. Ce que son regard a fait germer.

Pour l'heure, F. est décontenancé, un peu ému aussi que son élève ait gardé ses lettres et ses coupures de journaux vingt-cinq ans durant. Il y a peu, elle les tenait encore entre ses mains. Qu'a-t-elle éprouvé ? se demande-t-il.

Les souvenirs remontent à la surface. Il revoit mon père, un agent immobilier rêvant pour moi d'une école de commerce d'un meilleur niveau que la sienne. Un homme estimant beaucoup les capacités de sa fille.

Il se souvient aussi de ma mère. Une femme qui avait dû être belle, pourtant avec ses cheveux très courts et sa silhouette décharnée, elle semblait avoir été amputée de sa féminité. Punie même, mais de quoi ? À quelle profondeur se trouvait la femme en elle ? F. avait remarqué qu'elle aimait capter l'attention. Son visage se crispait quand on ne répondait pas selon ses attentes, une boule de douleurs tapie en elle semblait durcir au gré de ses déceptions. Comment vivait-elle l'attraction que j'exerçais sur F. ?

Mes parents me laissaient une grande liberté dont mon professeur profitait. Ils avaient l'air fiers de mes bons résultats scolaires et de ma curiosité. Ils espéraient – ma mère surtout qui n'avait pas fait d'études – que je m'élève de leur modeste condition sociale. Pour cela, ils attendaient de moi tous les sacrifices. Dans mon entourage, il était clair que personne ne m'autoriserait longtemps à m'exprimer sur scène en interprétant les textes où je trouvais refuge grâce à F.

César

À la différence de la môme de Nabokov, je n'avais pas douze ans quand j'ai rencontré F. mais quatorze. Mes bulletins de notes n'étaient pas lamentables comme les siens. Je ne paradais pas non plus en mastiquant du chewing-gum ni ne me pavanais. Je ne me rêvais pas davantage en majorette. Je ne papillonnais pas. Je n'étais pas instruite par Hollywood ou les bandes dessinées mais par Racine et Marivaux, Aragon et Chabrol. Pour autant, Lolita et moi avions une passion commune pour la danse, le théâtre et le piano.

Je ne bandais pas mon corps en classe pour jeter une boulette de papier dans la corbeille sous les yeux de F. Je restais sagement assise sur ma chaise d'écolière. Mais quand je souriais à un de ses traits d'esprit, je sentais qu'il n'y résistait pas. Son trouble faisait le mien. Il me dévisageait, me caressait de ses yeux tendres et crépusculaires. Vertige et périlleuse magie. Quand le rouge envahissait mes joues, je baissais les yeux.

Dans les salles de spectacle avec F., j'oubliais mes parents et ma sœur de deux ans mon aînée. Cet homme devint peu à peu le centre de toutes les merveilles. Il m'aidait à fuir, sans doute aussi à vivre ce que j'étais au fond. Grâce à lui, je sortais du conditionnement parental, le lot de tout enfant. Il était un signe dans l'air, une autre manière d'être un adulte. À travers F., une certaine façon d'être et de sentir s'est ouverte pour moi.

Je tire une photocopie également destinée à d'autres élèves.

« **Italie** FIN !

Pour les 4ᵉ Bonne rentrée au collège. J'y serai. Plus disponible (sans grec. Sans voyage. Sans théâtre. Sans sorties). Je vous souhaite (et, pour certains, je nous souhaite) de riches heures de français et de latin.

Pour les 3ᵉ Bonne rentrée dans vos lycées. Soyez performants et calmes.

Il y eut de bons moments. Il y en eut de plus difficiles ou décevants. Je ne vous oublie pas. Nous nous reverrons peut-être (pas forcément au collège...).

Pour tous

— Soyez très sérieux, pour le travail, et pour tout le reste.

— Soyez très joyeux.

— La vie est un cadeau. Le monde est beau. Apprendre est un privilège et une noblesse.

— Les difficultés, les échecs, les déceptions sont "incontournables". Ne les cherchez pas ! Ne les fuyez pas non plus. On fait avec.

— Ayez pour tout la folle exigence et la pureté d'Antigone.

— Devenez ce que vous êtes (Goethe). Suivez votre pente, pourvu que ce soit en montant (Gide).

— À mon slogan : Énergie – Rigueur – Passion, ajoutez, s'il vous plaît : Générosité – Humour – Tendresse.

— Lire, c'est vivre libre.

— Faites des rencontres belles, vraies, fortes.

— N'oubliez pas les valeurs essentielles, les nourritures riches, celles de l'esprit et de l'âme. Vitaminez-vous de culture. Respirez la beauté, toujours et partout.

Très heureuses vacances à chacun.

F. »

F. n'entretenait pas une relation brutale ni mortifère avec l'existence. Au contraire, il en était gourmand, elle l'exaltait, elle était à ses yeux un don sans pareil. Ne jamais cesser d'apprendre, cultiver la joie, la liberté et vivre en poésie étaient les mantras de cet esprit peu orthodoxe.

Le gris de la photocopie s'arrête, une mine rouge indique que ce mot m'est destiné.

« Bise particulière. Salut à Capri. »

Et une flèche rouge pour tourner la page.
Au dos, toujours en rouge :

« — Pour les cours de théâtre, je vois en septembre avec mon ami (et ancien élève) dont je compte suivre le travail sur *Hernani*. Il risque d'y avoir un petit problème d'âge (et je te sens franchement mal dans un atelier pour enfants !).

— Caroline dans la *Comédie d'un jour* restera un souvenir fort (poussette – impro – Tchekhov – Créon) et l'apport (musique, accessoires, costumes) et la présence (intelligente, attentive, souriante) et les trajets jusqu'à cette dernière nuit bien hésitante...

Tendresse, vraiment (même un peu mal apprivoisée).

F. »

Je me souviens du voyage scolaire en Italie que F. avait organisé. Je le revois pique-niquer avec les autres professeurs, éclatant d'un rire cristallin, marchant d'un pas haletant sous le Colisée, chez lui entre Herculanum et Pompéi. Son ventre, son épaisse chevelure poivre et sel, ses sourcils en broussaille au-dessus d'yeux de chat, bleus, brillants d'appétit. Et toujours, la joie et l'esprit au bout des lèvres.

Ce qui est vrai pour les paysages l'est aussi pour les êtres. Près de certains, on peut éprouver une douceur, une sève de vie telle que tout semble possible. F. ne transmettait pas son savoir mais ce qu'il aimait. Il ne faisait pas montre d'autorité mais de passion. Il considérait ses élèves d'égal à égal. Il nous encourageait à être nous-mêmes et à combattre toutes formes de conformisme.

Cet épicurien d'une cinquantaine d'années avait quelque chose de la figure de César qui séduisait à la fois les femmes et les hommes, les jeunes et ceux qui l'étaient moins, de classe noble ou populaire, romains ou étrangers. Comme F., César n'était pas terriblement beau mais plus humain et sincère qu'Auguste. Il voulait se montrer sous son vrai jour. Certains diraient un *séducteur*, je pencherais davantage pour un *homme séduisant*.

César ne se cachait pas d'avoir été aimé par Nicomède, roi de Bithynie. Sa sincérité augmentait sa puissance. Les amours masculines et féminines de César n'avaient rien de scandaleuses. Elles étaient considérées à Rome comme une vertu supplémentaire qui faisait de lui le modèle de l'homme idéal.

Les liaisons de F., je n'en savais pas grand-chose. Il ne s'était jamais ouvert à moi sur sa vie passée. Mais l'amour vécu lui donnait une forme d'aura que j'admirais. Cet homme avait de l'éclat.

Je me souviens du choc ressenti dans la chapelle Sixtine à Rome. F. avait-il remarqué mon émotion ? La tête renversée, le cœur ébloui par les fresques sur les murs, j'avais éclaté en sanglots. Qui étaient cet homme athlétique et cette femme languissante à ses pieds ? Et les multiples personnages colorés sur la voûte ?

Beauté fracassante et étrangeté radicale.

Au nom des religions différentes de mes parents, je ne connaissais rien d'elles. Personne ne m'avait mise au catéchisme par respect pour ma mère. Personne ne m'avait inscrite au Talmud Torah par égard pour mon père. Et les cours d'instruction civique n'avaient pas comblé mon besoin d'absolu. Je me sentais coupée de quelque chose de terriblement beau.

Je reviens à la lettre de F. Je le trouve attendrissant à refuser que je prenne des cours de théâtre avec un autre professeur. Il avait la nostalgie de ce spectacle inventé ensemble et semblait en rêver la suite.

Les grandes vacances approchaient pour moi aussi : l'époque de ma complicité avec le soleil s'ouvrait. Pour défier l'ennui durant les longs trajets familiaux en voiture, j'avais pris l'habitude de ne pas quitter le soleil des yeux. Je le regardais à m'en brûler les pupilles. Je me demandais qui des deux céderait le premier. J'étais convaincue qu'un pacte était scellé entre nous. Un secret jamais révélé. De cette union avec le soleil, je pensais pouvoir tirer ma force.

Sans doute n'ai-je pas baissé les yeux face à F., acceptant l'hommage de son regard que je retiendrai longtemps en moi.

J'avais dû le prévenir que je serais à Capri cet été-là, dans la famille d'une amie. Pour la première fois, je partais en vacances sans mes parents. Je me souviens avoir flirté avec un Italien renversant de beauté dans son uniforme de policier. Dans les bras de cet inconnu, quelque chose m'avait brûlé le long des nerfs, dans la bouche, les seins, entre les cuisses. J'avais été tentée d'accepter sa proposition, monter derrière lui en scooter pour rejoindre ce qui m'était défendu.

L'avais-je raconté à F. à mon retour?

Détournement de majeur

Il est bientôt midi. F. ne veut pas interrompre sa lecture. Il se sent plus détendu que ce matin, moins sur ses gardes. Loin de l'agitation sociale qu'il ressent en allumant la télévision, en consultant ses mails ou en sortant dans la rue, il renoue avec l'onctuosité de notre duo.

> « 1/9/95.
>
> Quasi deux mois après… mais nous avons l'éternité pour nous. Nous nous serons peut-être revus avant.
>
> Ta lettre du mois d'août a tardivement réussi à me trouver au fin fond de ma retraite montagneuse. Lettre douce et drôle. Le viol d'intimité vacancière est tout pardonné : tu as tous les droits. Je pardonne aussi le papier d'écolier.
>
> Que sont ces gants élégants dont tu me parles ? Déchirés ! C'est déchirant.

Aucune pitié pour "l'orgueil et la virilité" de tes soupirants !

D'où vient encore cette histoire de "fuite" et de "hasard" concernant ton professeur de français l'an prochain ? Rien de tel n'était prévu à ma connaissance.

"Soif" et "faim" de théâtre jamais ne s'étanchent en effet.

Délicieuse enfant en vrai, et sans chinoiseries. »

Délicieuse enfant ou fausse ingénue ? Je le cherchais à lui parler de mes soupirants, à l'imaginer mon professeur de français à la rentrée, en plus d'être celui de latin et de grec, à lui écrire pendant ses vacances en famille. Et que dire du mot *viol* employé dans ma lettre ? Il consentait à mes intrusions et à mon entreprise de séduction. Cet été-là, le temps lui avait paru long. Sa lettre, qui n'en finit pas d'être datée et redatée, en porte la marque.

L'année avait été riche, se dit-il. Nous étions partis en Italie. Il revoit la jeune fille que j'étais, interdite dans la chapelle Sixtine, avant de fondre en larmes. La beauté avait le don de la saisir, pense-t-il. Ébranlée, elle se répandait au-dehors.

Il revoit aussi le corps de son élève aux attaches fines, son visage passant du bonheur à la mélancolie, et son regard sous le sien, hardi et grave.

C'était pour lui un lien peu habituel. À quoi tenait la différence entre les autres élèves et moi ? Il me parlait souvent de relation de maître à disciple, de professeur à élève privilégiée, faite de dilection et de tendresse. Il me trouvait aussi des airs de Cléopâtre, m'avait-il confié un jour. Je forçais le trait en lui en volant quelques scènes. Notamment quand, en Italie, je parus sous ses yeux dans le couloir de l'hôtel en me déroulant d'un tapis. Mon stratagème et mes éclats de rire l'avaient amusé et troublé.

César âgé de cinquante-deux ans n'était-il pas devenu l'amant de Cléopâtre à ses dix-sept ans ? Souligner la comparaison par mes jeux n'était pas fortuit de ma part. Ils réenchantaient la vie, loin des carcans de la morale.

Il se souvient que j'étais partie pour Capri cet été-là. Son souvenir est plus net que le mien. Elle était montée sur le scooter d'un Italien en uniforme qui l'avait embrassée au milieu des rochers. J'avais voulu savoir sans savoir, se dit-il. Bien sûr elle avait fait en sorte que j'en connaisse tous les détails.

Crinière

Un homme entre dans ma chambre. Armé d'une paire de ciseaux, il me coupe mes longueurs brunes alors que je dors près de mes filles. Je le découvre dans le miroir, avant de me réveiller brusquement.

Les cheveux préfigurent le féminin.

Ma mère a coupé les siens très courts une fois mariée. « Tu m'as pris ma beauté. C'est à cause de toi que j'ai grossi », avait l'habitude de dire ma grand-mère à ma mère.

Plus tard ma mère, à qui je demandais des comptes sur sa crinière sacrifiée pour une coupe à la garçonne, me répondit : « Une femme qui travaille avec deux enfants à charge n'a pas le temps de se faire des brushings. » Je lui ai montré la masse de mes cheveux. « Moi je n'ai pas pu. » Et ta vie de femme ? « Quelle vie de femme... ? »

Peut-être trop de souvenirs dormaient dans sa chevelure, dans le noir océan, pour reprendre le poème de Baudelaire.

Certains mots d'ordre actuels provoquent en moi une sensation d'étouffement, sans doute à cause de leur répétition, mais aussi parce que quelque chose cloche à mes yeux. *Le poids du patriarcat*, par exemple, alors que c'est d'une forme de matriarcat dont j'ai souffert, enfant. La puissance du désespoir de ma mère a dicté sa loi sous notre toit. C'est la justice d'un père que je réclamais.

On peut s'accorder à dire que les sujets porteurs de notre époque sont la domination masculine au sein de la société et de la relation amoureuse, la violence obligatoire, l'amenuisement des femmes, l'importance de se définir indépendamment des hommes, le sentiment d'insécurité dans l'espace public, la culture du viol... Ces phrases entendues dans les mégaphones médiatiques me donnent envie de plonger mes yeux dans ceux de mon aimé pour lui dire mon désir, le rassurer aussi, avant de me fourrer dans son cou.

On nous presse aussi de renier des œuvres essentielles comme *Belle du Seigneur* ou *Lolita* : des lectures devenues suspectes. « Il n'y a rien qui va », peut-on entendre à propos de *Belle du Seigneur*. Solal serait un misogyne, Ariane une cruche. Son auteur souffrirait d'une répulsion pour le corps et véhiculerait des clichés sur la passion. Quant à *Lolita*, on légifère à son propos. Le chef-d'œuvre de Nabokov est en passe de devenir un livre pestiféré. On se bouche le nez et on fait un paquet entre les personnages d'Humbert

Humbert et celui du satyre qui force la jeune fille à tourner dans des films pornographiques.

Du discrédit à la purge, la bêtise militante s'en est toujours prise aux bibliothèques.

À dix-huit ans, ma mère a vécu une relation amoureuse avec un homme de quarante ans, un Juif tunisien. *Il n'était pas libre*, dit-elle, pudiquement. Il fut son grand amour. Un an après avoir dû rompre sous la pression de ses parents (et les coups de son frère), elle rencontra mon père. En se mariant, ma mère a cherché un abri. Aussi à faire violence à sa mère qui l'avait battue enfant. Juive, elle épousa un catholique. Elle en avait assez des interdits.

Dès le début de son mariage, elle a mesuré l'écart entre son rêve d'évasion et la réalité de sa cage. Sa belle-mère dont la maison était mitoyenne de la sienne l'épiait derrière ses rideaux, n'hésitant pas à surgir pour lui dire : « Tu n'as pas fait ton ménage aujourd'hui ? » Ma mère vivait traquée. Mon père avait démissionné d'un poste de publicitaire pour reprendre l'agence immobilière de son père et travailler avec lui.

Le 25 décembre au matin, ma grand-mère paternelle nous invitait chez elle. Sous le sapin de Noël, il n'y avait pas de cadeaux pour ma sœur et moi. Je ne m'en souviens pas, contrairement à ma mère qui l'a vécu comme une humiliation. Sa belle-mère mettait la main sur sa fille aînée qu'elle gardait souvent sous son toit. Ma sœur était à ce point happée qu'à son retour à la maison, elle déclarait à ma mère qu'elle ne l'aimait pas.

« Elle, vous ne l'aurez jamais ! » avait hurlé cette dernière à ma grand-mère, parlant de moi. « Retourne dans ton HLM ! » fut la réponse de ma tante, dissimulée derrière sa mère.

J'éprouve de la tendresse pour ma sœur qui passe outre nos différences, nos absolus désaccords, nos façons opposées de vivre. Nous avons partagé la même peur, le même effroi face aux cris de notre mère en proie au désespoir. Cette violence éprouvée dans nos corps d'enfant nous a reliées à jamais. Mais de nous deux, je fus l'épargnée des coups. Être celle qui n'est pas touchée mais sauvée, aimée même quand l'autre bataille, déchirée entre sa mère violente et sa grand-mère arachnéenne, relève d'une forme de trahison. Je n'ai pas entièrement pris part au malheur intime de notre maison. En compensation, j'ai dû très jeune en écouter le récit. Ma mère a fait de moi sa confidente. Je n'ai pas éprouvé le malheur sur ma peau, j'en ai gardé l'histoire en moi.

Sans doute mon désir de théâtre et ma précocité dans la séduction ont été ma manière de résoudre par le grand, par le beau, ce que je ne suis pas parvenue à affronter dans l'intimité de mon chagrin d'enfant.

J'avais quatre ans et ma sœur sept quand ma mère a voulu quitter son enfer et partir avec nous. Elle s'est heurtée au mur de sa propre mère. Celle-ci, installée dans un HLM en banlieue parisienne depuis son retour d'Algérie, refusa de nous accueillir chez elle. « Comme on fait son lit, on se couche », a-t-elle dit à sa fille. Il fallait rester et endurer.

Ma mère n'avait ni bagage scolaire ni situation, elle ne savait pas où aller. Elle a sombré dans la dépression (spasmophilie, crises d'angoisse, maigreur) qui a bien failli l'emporter. Elle en fera une seconde quelques années plus tard qui l'empêchera de se lever.

C'est à cette époque, sans hasard, que j'ai rencontré F.

Rimbaud

Je sens à travers les lettres de F. combien l'été fut long pour lui. Sans doute un peu moins pour la jeune fille que j'étais grâce au bel Italien et au récit de mes aventures dont je me plaisais à barbouiller l'été de mon maître. Lors de ma rentrée en troisième, il était pour la seconde fois mon professeur de latin et de grec.

Au dos d'une carte postale représentant un dessin naïf de Jean-Vincent Sénac au titre édifiant, *Je t'aime*, F. a écrit :

> « 14/9/95. 16 h 45. Contrôle de latin… !
>
> À Caroline,
>
> Tout pneu crevé sauvagement ou toute rayure suspecte sur mon élégante Volvo pastel seront affectueusement mais impitoyablement punis du châtiment extrême : faire rire le professeur de latin pendant un mois. »

Il m'écrivait alors que j'étais sous ses yeux. Il me regardait le sourire aux lèvres alors que la classe était remplie d'élèves penchés sur leurs copies. Moi au milieu de la rangée centrale. Studieuse, concentrée mais sentant son regard. Complicité silencieuse. Fluide qui courait parmi les autres. Nous partagions un secret.

Ses palabres autour de sa Volvo avaient pour moi l'allure d'un prétexte. Le message véritable de sa missive se nichait dans le titre de l'œuvre qu'il m'adressait et que je ne manquai pas de relever.

Quelque chose en lui était à ressort en septembre, notamment quand il arpentait la classe de long en large. Il se montrait intarissable sur la Grèce Antique, l'éducation fondée sur la culture générale, formant des citoyens armés pour l'art politique. Intarissable sur les sophistes, la rhétorique, l'art de raisonner et d'argumenter. Intarissable sur l'idéal qu'il se faisait de l'école, sa part nécessaire de transmission affective.

Mais il arrêtait sa marche et ses discours quand je m'attachais les cheveux et offrais ma nuque aux caresses de son regard. Il nous lisait alors des poèmes. Le bruit courait qu'il avait été comédien. « L'ancienneté est conçue à Athènes et à Sparte comme une garantie de sagesse », disait-il avec malice. Il n'était pas sans humour sur lui-même. Aujourd'hui, ses propos seraient épinglés par des semeuses de discorde.

À l'automne, il fit installer sur le mur de la classe un carton grand format sur lequel était dessiné le visage de Rimbaud et en lettres immenses : JE T'AIME. Je me souviens de son visage qui s'embrasait d'excitation en commentant cette pancarte qui ne nécessitait aucune leçon pédagogique. Mais ce n'était pas, bien sûr, ce dont il s'agissait pour ce briseur de conventions. Ce panneau géant traçait la signalétique de notre amour, sa poésie vivante. Il y avait quelque chose de crâne dans son geste qui se jouait des diktats et dessinait la géographie d'un amour prohibé.

Terra incognita

F. repense à l'immense panneau qu'il avait installé dans sa classe. Les fouilles de Pompéi devaient y être pour quelque chose, se dit-il, amusé. C'est là que la majeure partie des inscriptions murales aujourd'hui appelées « graffitis » fut retrouvée, dont plusieurs parlaient déjà d'amour. F. n'avait pas gravé mon nom sur les murs de la ville, mais enfin, c'était tout comme.

Coge mori, quem sine te vivere cogis. « Tue-moi, puisque tu m'obliges à vivre sans toi », avait écrit un amoureux sur les murs de la cité antique.

« Oh ! je voudrais serrer mes bras autour de ton cou, et poser des baisers sur tes douces lèvres », avait incrusté un autre.

L'Antiquité avait imprimé sa marque en lui, et lui en moi.

F. ne s'était pas servi de la classe pour affirmer avec orgueil sa puissance ni afficher ses prouesses sexuelles sur les murs qui en auraient été témoins, comme certains mâles dans la ville ensevelie. L'aurait-il voulu qu'il n'aurait rien eu à inscrire me concernant. Pour autant, ce geste d'amour avait eu sa part antique, sa part belle d'ostentation et de secret.

F. désirait faire de moi sa complice, sourire avec moi de l'aveuglement des autres – adultes, collégiens –, ceux qui ne pourraient jamais nous atteindre, croyait-il alors.

F. prend une feuille non datée.

> « Si tu aperçois quodam die cette cara Mathilde, dis-lui de ma part :
>
> — qui n'aime pas à la folie Molière (Sacha Guitry : Quoi de neuf ? – Molière) ;
>
> — qui n'a pas de curiosité pour le travail d'Ariane Mnouchkine s'exclut d'office de mes estimes théâtrales. Non mais !
>
> (Mains longuement pressées avec Ariane Mnouchkine vendredi soir, quelques mots sur *Tartuffe* et la Bosnie. Je lui envoie une longue lettre tendre.) »

J'avais émis des critiques à l'encontre de son élève, Mathilde, désormais au lycée, peut-être parce que je la voyais comme une menace. Ne lui avait-il pas confié le rôle de l'intraitable Antigone lors de notre spectacle ? Il comprend grâce à sa lettre qu'il avait donné l'impression de jouer le jeu, faire dégringoler cette gamine de son estime, la sortir de sa vie comme je semblais l'en presser.

F. m'avait emmenée plusieurs fois au Théâtre du

Soleil d'Ariane Mnouchkine après la grève de la faim de la metteuse en scène contre les massacres en Bosnie. Il m'avait offert un de ses livres d'entretiens pour m'initier à son utopie de théâtre populaire « mêlant le rêve, l'humain et l'engagement politique », disait-il les yeux brillants. Dans ce théâtre à l'atmosphère magique installé dans l'ancienne Cartoucherie du bois de Vincennes, il m'avait sentie chaque fois émerveillée. Sous l'impulsion de mai 68, ce site abandonné par l'armée était devenu un espace de création théâtrale. À l'écart de la ville, on longeait des écuries et des roulottes colorées, avant de rejoindre un hangar désaffecté métamorphosé en un abri théâtral aux murs décorés de citations, de guirlandes de lumière et aux tables recouvertes de livres. Un refuge onirique qui me fascinait.

C'était son éclosion à elle qui était belle à voir, se souvient-il. Mais il n'en était pas que le spectateur, nous partagions ces moments. Il m'ouvrait la meilleure part de lui-même, alors bien sûr c'était hors monde, hors tout. Qui comprenait en dehors de nous ? Et comprenions-nous, nous-mêmes ?

Sa vieille Volvo, désormais à la casse, lui revient en mémoire. Toute suédoise qu'elle était, elle portait un nom latin, *volvo* – je roule. Il avait opté pour le modèle gris rectangulaire des années 80. C'est dans ce huis clos que notre histoire se joua, autant que dans l'obscurité des salles de théâtre. L'amour véritable trouve rarement son espace, le plus souvent des écrins provisoires, mais non moins chéris, volés au reste de la vie.

Il se souvient précisément d'un de nos échanges dans le trouble d'une de ces nuits de retour du Théâtre du Soleil. « Je ne voudrais pas que tu croies que c'est dans mes habitudes », m'avait-il dit. « La beauté ? », avais-je répondu. Mon sourire lui apprit l'essentiel : je ne doutais pas de l'unique que nous vivions.

Entourages

L'emprise, la prédation ne sont pas la relation obligatoire entre un homme mûr et une nymphette. Je ne me reconnais pas dans le discours ambiant. J'ai vécu autre chose. À en croire la mécanique de la pensée dominante, l'expérience amoureuse d'une adolescente avec un adulte cracherait comme unique résidu : l'abus. Vraiment ? N'y a-t-il pas des nuances, des alternatives possibles, voire – on ose à peine l'exprimer – la possibilité de dons réciproques ?

Pourquoi, en tant que femme, faudrait-il passer sous silence ce que nous avons pu troublement chercher dans ces liaisons ? Là où nous nous sommes édifiées ? Je n'entends pas activer un quelconque sentiment de culpabilité ni appuyer sur la moindre blessure, mais interroger la part de quête personnelle et de liberté intérieure. La posture de victime dans laquelle l'époque se repaît et entend assigner les jeunes femmes ayant vécu pareille expérience me semble un piège, une manière de refuser de penser, de se penser au cœur de ces relations. En assistant aux procès médiatiques des prédateurs assignés dont la société est passée maître, je me demande souvent d'où les femmes qui les désignent parlent. Quelles sont les coulisses de leur parole ? Concernent-elles seulement l'homme dont il est question ? Pas sûr.

On aime désigner d'un doigt sévère puis mettre à terre les prédateurs avant d'héroïser les victimes. La violence des cabales interroge. À travers elle, que cherche-t-on à passer sous silence ? Qu'en est-il des mères et des pères ? Quelles complicités se jouent dans les soubassements de ces relations ? Rien ne se comprend sans clarifier les entourages des jeunes filles et la partie que les parents ont pu y jouer.

C'est l'heure de la pause déjeuner pour les ouvriers qui travaillent sur le chantier en face de la maison. Le silence revient dans la cour ombrée par le figuier. Je me souviens de celui qui régnait chez moi quand je rentrais de mes soirées avec F. Mes longues absences passaient-elles inaperçues ? Non. Mes parents étaient duplices. Une part d'eux-mêmes ne voulait pas savoir. Une autre faisait de notre relation un faire-valoir. Leur fille bonne élève attirait les faveurs de son professeur. Ils en tiraient peut-être une fierté intérieure. La mère de Conchita Perez, dans le roman de Pierre Louÿs, sait user de son chantage auprès de l'homme éperdu de sa fille pour lui soutirer l'argent nécessaire à la vie oisive qu'elle souhaite pour elle et sa progéniture. La situation avec mes parents était incomparable. Mais il y avait un gain pour eux.

Sans doute aussi, étaient-ils occupés à plus urgent : leur survie matérielle et la dépression de ma mère. Je leur permettais la fugue qu'ils ne pouvaient s'offrir.

Je prends un carré de papier orange sur lequel il est écrit au stylo à bille bleu :

> « Caroline
>
> — Pour le théâtre.
>
> OK Caroline/Pauline/Mathilde/Audrey/Laura.
>
> Mais moi ! My wife ? Le groupe ?
>
> — Texte d'amour. »

C'était la première fois qu'il évoquait son épouse dans ses lettres. Je l'avais croisée une ou deux fois. Elle s'appelait Claire. Une brune aux yeux verts, douce, effacée, c'est l'impression qu'il m'en reste. Elle enseignait la physique-chimie dans un autre établissement.

Ce petit carré de papier montre que F. cherchait à recréer le groupe de théâtre de l'année précédente. Il lui fallait négocier avec sa famille sur qui ses absences devaient peser.

Claire était-elle jalouse ? Je pense qu'elle souffrait.

À la mort d'Hector et après la destruction de Troie, Andromaque devient la captive de Néoptolème, le fils d'Achille. Dans la tragédie d'Euripide, sa femme, Hermione, est rongée par la jalousie. Andromaque essaie de la convaincre qu'un tel sentiment conduit à une épouvantable impasse. Elle lui raconte que si son union avec Hector fut aussi parfaite, c'est parce qu'il portait chez lui ses fils illégitimes à qui elle donnait son lait, de façon, dit-elle, à *s'attirer son amour*.

Héra, la femme de Zeus, était d'une nature moins conciliante. Elle exigeait de lui une fidélité absolue et poursuivait ses maîtresses avec cruauté.

Qui vivait sous la peau de Claire ?

Je me demande aussi ce que j'ai pu représenter que F. s'interdisait. Se glissait-il dans son lit avec sa femme en pensant à moi ? Quel rôle ai-je joué entre eux ? J'ai pu être sa part inavouable tapie au fond de lui-même. M'étreignait-il en secret quand il caressait son épouse ? On peut faire l'amour à un être parce qu'on ne peut pas le faire à un autre. Il existe des exutoires légaux aux penchants ineffables. Quand Claire s'absentait pour aller voir ses parents en province, s'abandonnait-il au feu qui couvait entre nous ? Aux extases solitaires ? Je ne sais. Il le gardait pour lui, il n'aurait pas eu l'idée de s'ouvrir à ce sujet à une jeune fille de quatorze ans. Il pouvait aussi entretenir d'autres relations féminines. Il me semblait néanmoins qu'il n'y avait pas beaucoup d'espace pour des idylles dans sa vie. Ses heures de cours au collège, les ateliers de théâtre le soir, en plus des spectacles auxquels il assistait plusieurs fois par semaine, des amitiés et des correspondances qu'il entretenait avec d'anciens élèves devenus artistes, sa vie de famille avec sa femme qu'il chérissait et ses enfants, tout cela semblait laisser peu de temps disponible.

Il se disait touché par moi, il croyait que beaucoup de choses se passeraient entre nous, le temps long serait notre allié. J'incarnais de façon intense l'aventure au long cours qu'il désirait vivre. Je semblais lui inspirer autant de sentiments passionnés que de pensées impudiques.

Il est difficile pour moi de qualifier le climat familial qui régnait chez eux. J'y ai été mêlée trop brièvement pour m'en faire une idée juste. Il me semble que la joie était sa note à lui. Mordu de l'œuvre d'Hemingway, il répétait souvent que *le bonheur* était *une fête mobile*. Sans cesse en mouvement, F. m'apparaissait comme l'âme de la maison par sa boulimie de projets, sa curiosité en tout, ses yeux brillant d'appétit pour le monde et les autres. Son rythme devait être difficile à suivre pour sa femme et ses enfants. J'ai un souvenir vague de sa fille. Elle avait de l'éclat. Son fils, en revanche, m'avait semblé chroniquement agacé par son père. Ne lui avait-il pas usurpé son rôle de jeune homme en battant la campagne, toujours en quête d'une nouvelle découverte ? Claire, du plus loin que je m'en souvienne, semblait évidée, dévitalisée. Elle était toujours incroyablement pâle. Était-ce son œuvre à lui ou son peu de résistance à elle ? Je ne sais.

La relation intime de F. avec sa femme, sous la forme extérieure d'un trublion insaisissable épris d'ailleurs, a naturellement conditionné la suite. Notre histoire fut une conséquence, pas l'acte originel.

Le sommeil conjugal

Claire n'est pas une femme qu'on quitte, se dit F. Elle téléphone à sa place au médecin dès que son corps lui fait mal. Elle sait avant lui ce dont il a envie pour dîner. Elle vit à ses côtés depuis si longtemps. Ils se sont rencontrés en classes préparatoires à Nancy. Lui était en lettres, elle en physique-chimie. Ils se sont mariés civilement après avoir décroché leur concours d'enseignant.

Elle a gardé ses lèvres minces et son front haut. Ses cheveux raides, mi-longs. Le léger sourire sur son visage pâle mêle la douceur et la distance. Son regard est souvent pensif, quelque peu distrait, mélancolique aussi. Quand elle parle, c'est avec assurance mais d'une voix caressante, monocorde. Sa démarche est lente le plus souvent. Rien semble-t-il ne peut la déconcerter. Pareille à elle-même, toujours d'humeur égale.

Quand F. m'a rencontrée, il connaissait Claire depuis presque trente ans. J'imagine qu'elle ne l'obsédait plus. Ils avaient tout traversé ensemble. Claire était son amie, son alliée, sans doute plus son souci permanent. Était-il toujours capturé par son image ? Y avait-il encore une part de jeu dans leur duo ? Je voyais en lui un couple parental.

Il y a des signes à la conjugalité, comme la relation entretenue avec le sommeil. Devenir le conjoint d'un autre, c'est trouver du temps pour dormir. La nuit n'est plus le terrain des caresses mais de l'éternel repos. Les yeux et les mains s'endorment, on croirait presque pour toujours. Un lit sans qu'on y fasse l'amour peut ressembler à une tombe.

Claire ne lui tourne pas le dos quand elle se couche. Cela vient plus tard, imperceptiblement au cours de la nuit. Rien là d'hostile de la part de sa femme, elle respire mieux le visage tourné vers la fenêtre.

Son épouse a toujours été là quand F. a eu besoin d'elle. L'immuable de sa présence a été son réconfort, même si elle n'a pas toujours eu l'art de calmer ses tourments. Ceux qui ont les mots justes avec nous ne sont-ils pas ceux qui éprouvent notre désir, en sont les familiers, voire le suscitent ? Claire parle souvent à côté mais elle est là.

À cette époque, au cœur du cratère, il y avait moi tombée comme une bombe au milieu de sa vie. La soif insatiable de contrastes que F. portait en lui trouvait un écho dans les transports et les explosions de vie d'une jeune fille.

Tout ce qu'il y a de trouble vivait entre nous, en plus d'une fraîcheur enfantine, absente des passions gouvernées par l'emprise. Elle rappelle à F. *Barbe à papa*, le film de Peter Bogdanovitch qui campe les relations entre une presque enfant et un escroc à la petite semaine.

Il s'ouvre sur une mise en terre dans un cimetière désert des États-Unis. La petite Addy, âgée de neuf ans, vient de perdre sa mère dans un accident de voiture et n'a jamais connu son père. Voilà qu'un homme d'une trentaine d'années prénommé Moses se joint aux funérailles afin d'honorer la mémoire de la défunte avec qui, semble-t-il, il a eu une aventure. On ne lui laisse pas le choix, c'est lui qui conduira la petite chez sa tante dans le Missouri. *Pourquoi est-ce que tu te charges de moi?* demande Addy. *Parce que je vais dans cette direction*, lui répond l'homme à la moustache fine et au costume trois-pièces. Elle est persuadée qu'il est son père.

Addy a du caractère, elle ne se laisse rien conter, ne se sépare pas de sa radio qu'elle écoute tard le soir quand lui dort sur un matelas de fortune. En justaucorps, allongée sur son lit, elle fume des cigarettes et le regarde avec un air de défi.

Je ne suis pas ton genre? demande la frondeuse, un autre jour.

Au fil de leur expédition à bord d'une voiture déglinguée, la fillette, qu'on prend régulièrement pour un garçon, troque sa salopette pour une robe et coiffe ses cheveux d'un ruban. Elle cherche à exister dans le regard de l'homme à ses côtés, à affirmer son sexe aussi. Sa tenue angélique facilite les escroqueries auxquels les deux complices s'adonnent avec une joie contagieuse. Ils exploitent le chagrin de familles endeuillées à qui ils mentent et refourguent des bibles hors de prix. Ils embrouillent des femmes qui tiennent la caisse enregistreuse de magasins pour mieux leur soutirer de l'argent. Ils vendent de l'alcool prohibé à des contrebandiers. Ces forfaits scellent leur complicité. Elle est éclatante. Ils s'amusent comme des fous et c'est paradoxalement leur innocence enfantine qui nous éclabousse.

Une nuit, Addy aperçoit Moses en caleçon alors qu'il se met au lit. Elle attend qu'il dorme à poings fermés pour se faufiler dans la salle de bains, se parfumer, essayer un collier, prendre des poses de femme devant la glace. Ingénieuse, espiègle, la petite a de l'esprit, de la repartie, et plus d'un tour dans son sac. C'est elle qui échappe à la vigilance du policier, manigance leur fuite du commissariat et tend un piège à la favorite de Moses afin qu'elle débarrasse le plancher. Il l'en remercie ; la fête, les jeux et le danger continuent. Mais un jour, Moses dépose la jeune fille avec sa radio et ses patins à roulettes devant la maison de sa tante. Une vie sage et tendre lui ouvre les bras. Sur la dernière image du film, on voit Addy courir sur la route vers Moses avant de grimper dans la camionnette hors de contrôle.

Adoption

Ma mère devait être donnée à la naissance. Elle avait donc appris à me donner à d'autres.

La sœur de ma grand-mère vivait en Algérie comme le reste de la famille. Elle ne pouvait pas avoir d'enfant. Ma mère devait lui être confiée dès sa mise au monde. Après tout, mes grands-parents avaient déjà une fille et un fils. On attribua à ma mère un prénom composé dont le premier était celui de sa future mère adoptive. Une façon de sceller l'engagement. La tante choisie pour devenir la mère de ma mère était riche et aimante. Son mari, titré : receveur des PTT. Cartomancienne à Constantine, elle tirait les cartes, le plomb et les couleurs. Elle le restera à Lyon où elle s'installera après l'Indépendance. Il s'en était fallu de peu, mais le marchandage de nourrisson n'eut finalement pas lieu. Mon grand-père, dont la chanson préférée était *Petite fleur* de Sidney Bechet, s'y opposa in extremis.

C'est en apprenant cette histoire que j'ai mieux

compris pourquoi, une fois mère à son tour, il avait semblé naturel à celle qui fut l'indésirée au carré de me laisser chérir d'autres adultes. Elle me confia toujours à des êtres d'exception – professeurs en tous genres, danse-piano-français-théâtre –, des radieux, des fougueux, aux antipodes de sa mélancolie.

La première de ces mères de cœur avec qui j'ai partagé une intense relation affective fut ma nourrice. Moricette m'a accueillie à mes onze mois dans son pavillon de Seine-et-Marne. Née en Belgique de migrants suédois, elle était mariée à Roberto, un artiste italien originaire de Florence. Au premier jour, en quittant ma mère aux cheveux noirs pour d'autres bras rehaussés d'une chevelure blonde et de grands yeux clairs, j'avais poussé des hurlements. Moricette avait refermé la porte derrière elle, m'avait installée sur une chaise haute avant d'animer des marionnettes. Chez elle, je n'ai plus jamais pleuré. On m'y déposait deux fois par semaine puis peu à peu tous les jours. Je me revois danser sur la musique de Mercedes Sosa, dévorer des tartines chocolatées à l'heure du goûter, assister à la création d'une sculpture en bois de Roberto, m'assoupir dans des bras sûrs tandis qu'une voix tendre me lisait une histoire.

Auprès d'eux, tout me semblait étrangement calme. Un jour, je renversai un vase posé sur la table basse du salon. Effrayée, j'attendais les cris dont j'avais l'habitude chez moi. Mais ici, rien. La maison resta douce. L'amour avait le visage de cette femme.

Celui de ma mère se figea le jour où elle apprit que j'appelais ma nourrice *Maman* tandis que je la désignais, elle, par son prénom. Blafarde, fantomatique, flottant dans son jean, elle ne m'arracha pas à Moricette pour autant. Elle me voyait heureuse dans ses couleurs alors elle abdiqua face à celle qui avait le poids d'amour, de douceur et de bienveillance d'une mère.

Si elle m'autorisait des prises d'air vers d'autres personnes, chaque jour je retournais au coin de son enfer.

À treize ans, elle m'incita à m'inscrire aux cours de théâtre de F., un professeur de vie hors du commun qui nous encourageait à devenir des esprits libres, ardents, à savourer la langue. J'ai continué le théâtre pendant dix ans dans différentes écoles. Sans hasard, les rôles de tragédienne m'ont aimantée. J'ai été une Chimène fougueuse, une Antigone hors d'elle, une Andromaque intraitable, une Phèdre à fleur de peau. Les mots de ces héroïnes sans cesse répétés, proclamés, murmurés ont été ma source, peut-être là où j'ai trouvé à naître une seconde fois. J'avais les mots des autres pour dire le mal de vivre sous notre toit. Leurs cris pour répondre au désespoir de ma mère. Je tenais aussi la joie entre mes mains et le plaisir du jeu capable de retourner les désastres en fêtes.

Mes parents détestaient me voir exprimer mes émotions en scène. Deux moues noires à la sortie du théâtre où ils ne disaient jamais un mot.

Pourtant, ma passion pour le théâtre ouvrait mon

horizon. Les répliques des risque-tout que je portais aux nues avaient des effets magiques dans ma vie. Elles affirmaient le monde que j'espérais.

Plus tard, j'ai voulu fréquenter la guerre. Partir au front comme Ulysse. Jeune adulte, j'ai postulé à la Croix rouge internationale à Genève pour rejoindre des zones de guerre. Je cherchais à vivre des émotions fortes, à m'éprouver, peut-être aussi à me détruire ou à me sauver d'un malheur.

Rêve éveillé

Au stylo, en haut d'un article découpé, F. a écrit :

« Courage ! M. Arnaud, et les autres ! »

Tous aux abris ! faudrait-il dire aujourd'hui aux hommes d'âge mûr sous surveillance dont les va-t-en-guerre rêvent d'abattre l'ascendant et d'éroder la virilité.

Le film *Nelly et Monsieur Arnaud* de Claude Sautet avait marqué F. Sorti en octobre 1995, il raconte la relation singulière entre Nelly, en instance de divorce, et monsieur Arnaud, un sexagénaire retiré des affaires. La jeune femme tape à la machine et critique le manuscrit des mémoires de monsieur Arnaud. L'attachement qui les lie métamorphose peu à peu leur vie. Le désir ose sortir de sa cachette. Nelly divorce, monsieur Arnaud relit son passé sans complaisance. La fin du film reste en suspens quant à un avenir commun. Une chose est sûre, le regard aimant et exigeant porté l'un sur l'autre les a conduits un peu plus vers eux-mêmes.

Sur une feuille volante, deux articles jaunis collés et soulignés par endroits :

> « De Cervantès à Kundera, en passant par Albert Cohen ou Aragon, la littérature romanesque a multiplié les portraits des grotesques de l'amour, de ces hommes ou de ces femmes qui suivent leur marotte envers et contre tous les démentis du principe de réalité. Mais il y a dans le rêve éveillé de l'amour, et quels que soient ses mensonges, une vigilance et une supériorité paradoxales : pourquoi Don Quichotte ou Alceste ou l'Ariane de *Belle du Seigneur* nous sont-ils sympathiques malgré leur indéniable ridicule ? Pourquoi leur donnons-nous secrètement raison ? Parce qu'ils vivent intensément une relation qui les étonne, les dépasse et les fait souffrir ; parce qu'ils sont d'abord amoureux. Et au nom de ce sentiment imprescriptible nous leur pardonnons, nous leur envions peut-être cet aveuglement qui fait dire à l'amant transi : "Je sais bien, mais quand même…" » (Daniel Bougnoux.)

> « Dans la vie, les choses n'ont pas de sens mais elles vous sont imposées, on ne peut pas y échapper. Le théâtre représente la futilité suprême. C'est vraiment la chose qui ne vous est pas imposée et qui n'a pas plus de sens qu'autre chose. Du coup, je me dis que c'est parce qu'il est incroyablement futile qu'il

faut le faire de la manière la plus parfaite possible. C'est ça que j'appelle la beauté. » (Bernard-Marie Koltès.)

Ces lectures le conduisaient vers moi en pensée. Dans ses moindres répits, il semblait débusquer ma présence, y compris dans le feu intérieur qui l'habitait sur lequel nous avions l'air de souffler à deux bouches.

Les articles que je tiens dans ma main montrent que F. souffrait, se trouvait grotesque, en dehors des canons dictés par la société et les tenants du sacro-saint principe de réalité. Aveugle, pas tout à fait et donc souffrant, mais indéniablement amoureux. L'intensité que je lui inspirais l'étonnait, le dépassait et le déchirait. Il semblait heureux et troublé à la fois de vivre dans la perpétuelle attente de nos rencontres qui accéléraient son pouls et le préoccupaient les heures suivantes. F. liait notre amour à notre passion commune pour le théâtre. Dans un éphémère qui avait son éternité, dans un foutraque qui avait sa beauté, dans un rêve qui envisageait à peine le possible.

Qui retrouvait-il à travers moi ? Étais-je l'amoureuse qu'il avait aimée à quatorze ans ? Ai-je servi à rejouer, à accomplir son histoire d'il y a plus de trente ans ? À combler une attente ?

Dans *Lolita*, Humbert Humbert révèle, au début de sa confession, avoir vécu un amour passionné et inassouvi pour Annabel Leigh, une jeune fille de son âge, qui mourut du typhus à Corfou quelques mois plus tard et dont il garda pendant vingt-quatre ans la nostalgie. Étais-je celle que F. avait cherché à retrouver ? La réincarnation de son Annabel qu'il avait brûlé de posséder corps et âme mais dont il n'avait finalement partagé que des contacts incomplets, un *désir pétrifié* ? Je l'ignore. Il ne m'avait jamais parlé de son adolescence ni de ses amours. Mais je sentais qu'une part de lui-même m'aimait comme un enfant.

Amours antiques

À cette période, F. s'était lancé avec panache, mais aussi une forme de frénésie, dans une leçon consacrée aux histoires d'amour dans l'Antiquité. En cours de mathématiques, j'aurais tout donné pour que la grande aiguille de l'horloge au-dessus du tableau noir sur laquelle je tenais mes yeux fixés fût avancée de soixante minutes.

F. discourait longuement sur la relation entre Séléné et Zeus qui, bien qu'il fût son père, ne posait aucun problème à l'époque. Pas plus que celle d'Œdipe et de Jocaste. Sur la base des écrits d'Homère et d'Hésiode, mes camarades et moi apprenions que l'inceste ne fut pas, pendant des siècles, un tabou pour les Grecs.

La liaison entre Zeus et Ganymède marqua aussi les adolescents de ma classe. Ils étaient l'exemple du couple pédéraste – du substantif *pais* « garçon » et du verbe *eraô* « aimer » – que formaient un adulte et un mineur entre treize et dix-sept ans. « En raison de la jeunesse du disciple, l'amant serait accusé aujourd'hui de pédophilie. En ces temps-là, un tel duo jouait un rôle important dans la *paideia*, la formation éthique et civique des jeunes Grecs », disait F. bataillant contre lui-même.

Il expliquait à ses élèves, à moins qu'il ne le fît pour une seule, que la culture athénienne confiait la *paideia* non pas au père mais à un étranger, un homme adulte qui entretenait avec le jouvenceau une relation pédérastique. L'aîné transmettait les valeurs éthiques et civiques qui, perpétuées de génération en génération, garantissaient les bases de la formation des citoyens dont dépendaient l'avenir et la grandeur de la ville.

À l'époque antique que F. chérissait, la relation entre le maître et son élève se nourrissait de don et de contre-don. En échange du savoir, le jeune homme (éromène) s'adonnait à des relations physiques avec son maître (éraste). C'était à ce point courant que ç'en était devenu un idéal avant J.-C., jusqu'au IIe siècle quand les Romains condamneront ces pratiques.

La liaison répondait à certaines règles. F. nous expliquait que l'amant ne devait pas être seulement attiré par la beauté physique du *pais* : son amour devait viser à faire du garçon le meilleur des citoyens. L'éphèbe ne pouvait accepter la cour qu'après s'être assuré des intentions de son prétendant. À l'âge de dix-sept ou dix-huit ans, il se devait de rompre ces liens ; c'était pour lui le moment de se comporter de façon virile en politique.

Jamais F. ne me demandera de mettre un terme à notre histoire. Au contraire, il voudra la poursuivre. Mes dix-huit ans semblaient le point de mire, l'horizon à atteindre pour mieux se retrouver.

F. avait consacré plusieurs cours à la tragédie de Médée et de Jason, arpentant la classe de long en large.

« Médée vivait avec Jason et leurs deux enfants, commença-t-il, quand un événement terrible, inimaginable, vint bousculer sa vie paisible : pour satisfaire son ambition, Jason décida d'épouser la fille de Créon, roi de Corinthe, écartant ainsi Médée – mais aussi ses fils – de sa vie. Comme si l'humiliation n'était pas à son comble : une rumeur circulait selon laquelle le roi voulait expulser Médée de la ville. L'épouse trahie feint d'accepter la décision de Créon et envoie ses enfants porter à la nouvelle épouse un cadeau de mariage : une tunique empoisonnée. L'a-t-elle enfilée que la robe prend feu, tuant la femme et son père venu à son secours. »

L'épouse de F. avait-elle rêvé de m'envoyer un vêtement qui me brûlerait ? L'image m'avait saisie, avant d'être chassée par la figure de Catulle qui, dans son *Élégie*, criait sa passion pour Lesbie sur les toits de Rome. « Vivons, ma Lesbie, aimons-nous et que tous les murmures des vieillards moroses aient pour nous la valeur d'un as », ajoutait F. sans me quitter des yeux.

Fausse route

Un redresseur de torts n'hésiterait pas à m'arrêter net. Il penserait lever le voile sur une ineptie en m'entendant affirmer que j'ai eu plaisir à posséder celui qui avait de l'ascendant sur moi. À ses yeux: un trompe-l'œil, la manifestation d'un incurable conditionnement social. Sûr de lui-même, il avancerait un argument de plus. Selon lui, je manifesterais les restes de l'emprise subie car une victime défend toujours son bourreau.

Eh bien non, je ne suis pas une victime recensée. Ni une plaignante. Ni une survivante. Ni une blessée à jamais d'un crime imprescriptible. Je ne me lance dans aucune procédure ni accusation publique pour déclencher une mort sociale. Je ne rejoins aucune cohorte. Mon histoire n'est pas collective mais individuelle. Étrangère à la doxa, au mouvement de civilisation en cours et à ses idées fixes, elle ne s'enrégimente pas sous l'hashtag mondial, né aux États-Unis.

J'ai une révélation à faire : celle d'une célébration. Il n'y a pas eu une cession, une infraction dans mon corps mais un élargissement intérieur que seul l'amour procure sans distinction d'âge ni de sexe ni de condition sociale. Je ne viens pas témoigner d'un traumatisme sexuel mais d'un enchantement. Je ne m'avance pas pour raconter la sidération d'une adolescente sans défense mais sa liberté, sa fougue, son ardeur naissante. Je ne suis animée par aucune colère mais par la gourmandise de renouer avec l'exaltation, l'émerveillement de mes quatorze et quinze ans auprès de F. J'ai cédé à mon propre désir qui en déploiera d'autres. Cette liberté, qu'accompagne une volonté assumée, un risque recherché, ne me quittera plus.

J'ai lu sur les visages : la gratitude donne de l'éclat, le ressentiment brouille les traits car c'est un chemin vide qui conduit à la défiance générale. La confiance emprunte une autre voie, loin de la foule. Elle se fraie un chemin dans le champ de la couleur et du grand désir. J'ai aimé être cette jeune fille lascive aux lunettes d'écolière pour F., aux seins à demi poussés. J'ai aimé être cette fleur frémissante, ce buisson ardent, ce feu gémissant, cette prière insolente. J'ai vécu une forme de félicité, un âge d'or dans le secret de mon adolescence. Faire la lumière est essentiel par les temps d'obscurité puritaine. La vengeance est pulsionnelle. Ma pulsion fut d'une tout autre nature. F. n'a pas ouvert une plaie douloureuse en moi mais l'espace des fantasmes, de l'illumination, des délices érigés en art de vivre. Avec une virtuosité sans pareille, il a suscité mon éclosion intellectuelle et sensuelle, il m'a fait la cour… et *moi aussi*.

Innocence

Je tire une enveloppe, reconnais l'écriture de F. au crayon :

« Bouleversée par la vie et les interdits. »

Il citait mes propres mots. Pourtant je ne me souviens pas des interdits, seulement de la joie et du jeu qui avait sa part de candeur et de désir entre nous. Mais sans doute la jeune fille que j'étais ressentait ce qui faisait obstacle à notre relation, sa vie de famille, ses enfants plus âgés que moi, l'impossibilité de voir F. autant que je le souhaitais, les émotions que je devais taire chez moi autant qu'au collège. Un amour qui me soulevait tout entière mais à garder sous verrous.

Je déplie une lettre non datée signée F.

« Ah ! Caroline...
“ *Prenez-moi ce mouchoir.*

Couvrez ce sein que je ne saurais voir.
Par de pareils objets les âmes sont blessées,
Et cela fait venir de coupables pensées."

(Je t'autorise l'immédiate et cinglante réplique de Dorine...)

★

Et à quand "Caroline et F."?
Vivement la retraite et un bon manuscrit!

★

Donc, tu as vu Cézanne, Nelly. Autre chose?
Mes projets: revoir Zingaro
revoir *Hernani*
Cézanne
L'Échange de Claudel (Comédie-Française)
Richard III de Shakespeare (St-Denis)
La Mouette de Tchekhov (Théâtre 13)
(Cette semaine purement conjugale)

Un soir de décembre, échanger sur tout cela et autres considérations sur le bonheur de vivre, autour d'une bonne table. D'accord?

★

Pour un éventuel travail ensemble, on voit début décembre ? On pourrait en effet se voir à 6, sans a priori.

Tendresse

F. »

Dans une enveloppe, je retrouve le kleenex blanc qu'il avait joint pour couvrir mon sein. Je souris, émue par ce dont je ne prenais pas toute la mesure à l'époque. L'imprudence de cet homme fougueux.

Que disait la réplique de Dorine ?

> « *Vous êtes donc bien tendre à la tentation,*
> *Et la chair sur vos sens fait grande impression ?*
> *Certes, je ne sais pas quelle chaleur vous monte :*
> *Mais à convoiter, moi, je ne suis pas si prompte,*
> *Et je vous verrais nu du haut jusques en bas,*
> *Que toute votre peau ne me tenterait pas.* »

À quatorze ans, je n'aurais pas eu l'aplomb de cette repartie de femme, mais mon âge ne m'empêchait pas de sentir le jeu entre nous. Il me charmait. Pour la première fois de ma vie, j'aimais un homme qui n'était pas mon père, en aurait-il l'âge. Il fut mon premier grand secret.

Ma sensualité a été initiée par un homme fait, un homme de théâtre. Ma séduction a éclos dans le trouble que je suscitais chez un aîné. Je l'aimais pour ce qu'il représentait de masculin, de maturité, de savoir, de mystère, de nocturne. Il était mon inédit.

J'étais appelée vers d'autres lendemains, mes parents finiraient par m'y pousser, mais il resterait le destin que je désirerais vivre, la sorcellerie que je ne cesserais de chercher dans ma vie.

Celui qui regarderait la situation sans trop s'y appesantir pourrait affirmer qu'à travers mon amour pour un adulte de l'âge de mon père, j'ai accompli mon complexe d'Œdipe. Pas seulement car j'ai aussi, secrètement, fait plaisir à ma mère. J'ai ménagé pour moi-même le jardin secret qu'elle s'interdisait de vivre, celui dont l'absence la faisait sombrer. Ma précocité à la séduction était un peu l'enfant de sa liberté impossible à extraire de la nuit.

La mélancolie de ma mère flambée au désespoir était éprouvante à supporter. *L'objet toujours déjà perdu* comme le nomme Freud, qui est l'objet d'amour exclusif de la mélancolique, la rend, à son insu, ignorante de celles et ceux, bien vivants autour d'elle, y compris ses propres enfants, qui voudraient la ramener à la vie. Ma mère identifiait l'amour à la perte, et le monde à la terreur du monde. Comme nous tous à la maison, je m'attachais à la ramener vers la vie, mais moi avec une détermination plus grande parce que j'étais la préservée des coups. Ayant eu droit à son affection, ma dette à son égard était supérieure. Nous nous retenions l'une l'autre comme des naufragées, sans nous laisser un instant, moi pour la consoler, elle pour ne pas nous perdre. Mais la fusion totale qui nous menaçait représentait un danger pour moi, et il me semblait vital – même si ce ne fut en rien conscient – de tenter de trouver une autre respiration.

Si les ténèbres de ma mère recouvraient la maison, au-dehors il y avait F. et l'émerveillement du présent, l'appétit du monde et la désobéissance. Contrairement aux apparences, la violence était à la maison, l'innocence avec F. Il transformait l'enfer en éden où nous jouions à des jeux d'été, balayant la grisaille du cocon familial. Ma mère s'enfonçait dans un passé sur lequel elle ne pouvait plus agir quand F. ouvrait mon horizon, m'offrait un chemin inconnu, une traversée des frontières. Je me sentais heureuse à ses côtés, exaltée par la beauté que nous partagions. À lui seul, il tendait de grandes voiles sur la nuit.

L'amour est toujours *un détournement*, l'invention d'un lieu hors tout (hors du social, de la famille et un dépouillement du moi ancien). Il a des airs de carnaval.

F. fut aussi mon premier débordement. Le désir non vécu entre deux corps qui s'espèrent les submerge.

Mon âge, pour certaines choses, comme aller au restaurant, ne semblait pas être un obstacle pour lui. À m'envoyer ces répliques de la pièce de Molière, se vivait-il en Tartuffe ? Ou voulait-il me dire qu'il craignait de me déplaire ?

« À quand "Caroline et F." » faisait de nouveau référence à *Nelly et Monsieur Arnaud*. Quelle torture délicieuse ce film fut pour lui. Il voulait savoir que je l'avais vu, m'imaginer le regarder, ressentir mon émotion, mon trouble, espérait-il, à nous apercevoir à travers ce duo. Cherchait-il à me dire ce qu'il attendait de nous ? *Attends, Caroline. Attends, qu'il soit temps…*

L'adolescente en moi ne savait pas remettre aujourd'hui à demain. Consciente que la mort ne cesse de rôder et n'ayant pu m'autoriser à l'époque toutes les audaces qui me traversaient l'esprit, l'impatience amoureuse m'est restée.

Télégramme

L'horloge à pendule de sa cuisine – une Comtoise en bois verni – vient de sonner plusieurs coups. Et puis, les aiguilles se sont arrêtées. Sous sa vitre, son coffre, tout est devenu silencieux. F. ne le remarque pas, il s'occupe du chat qui semble affamé. Il se rassoit, prend une carte postale. Elle est illustrée du visage de Woody Allen au téléphone dans *Hannah et ses sœurs*. Au crayon de papier, F. a écrit il y a vingt-cinq ans :

« 1/ Théâtre, 18 h 30 (pour tous)
au Centre aéré (chez Audrey)
Oùske exactly ? Tu appelles fort !
La secte unisexe des ascètes qui dissèquent sept secs insectes avant leurs obsèques à Sète te répondra.

2/ Je compte jeter une oreille au Bercy-Zénith-Billard de Bruno.

Je peux t'y pousser direct après la répétition (retour j'sais pas j'verra).

3/ Ah ! Tu voulais me forger, diablesse au collant vert. Si tu me forges, je te forge. (C'est amphore Jean con devient fort je rond.)

… Lis le texte du Brevet blanc en commençant par la fin (ou comment choisir un texte pour son dernier mot). »

En bas à droite de la carte postale : un cœur.

Quelle excitation courait entre mes lignes, pense-t-il. Et dire que je me rendais à des réunions de collégiens dans une salle de billard cafardeuse pour prolonger les heures avec Caroline…

Des sentiments plus forts emportaient sa honte. La présence d'une jeune fille était devenue la nervure de sa vie.

Il ne fallait pas la montrer au jour, au risque de la corrompre. Certaines lettres de F. ressemblent à des télégrammes. Leur forme hachée donne l'allure d'une correspondance secrète, codée, comme si, pour dissimuler les doutes, échapper à la surveillance des adultes et se faire comprendre de sa bien-aimée, il avait inventé une technique de chiffrage propre aux amants, à la façon d'un grimoire. À une autre époque, F. aurait sans doute recouru à l'encre invisible que seule une potion d'apothicaire aurait pu faire jaillir.

Que disait cette phrase du brevet qu'il avait glissée pour moi ? De quel livre était-elle tirée ? Il ne s'en souvient plus mais cette complicité qui nous liait ce jour-là, à travers les mots, l'émeut encore. Au milieu de la classe, nous partagions un langage crypté, un chant magique circulant dans toutes les veines du jour.

Une part de lui-même se sentait invincible.

Pas de deux

La lumière filtre entre les feuilles du figuier, caresse les lettres éparpillées sur mon bureau. Je prends plusieurs pages reliées entre elles. Il s'agit de scènes de théâtre sans mention des auteurs. Il est question de femmes enceintes dont une mineure, de *perversion de l'innocence*, d'*interdit*, de *malheureuse petite ingrat*e, de *danse*, de *démoniaque*.

Est-ce que je tiens les textes que F. avait malicieusement choisis pour moi ? Non, il s'agissait des miens. Ceux que j'avais sélectionnés pour la prochaine saison d'atelier théâtre avec lui.

Le désir se danse à deux. À quatorze ans, j'avais conscience de ce qui se jouait entre F. et moi, peu importe mon manque d'expérience. Je sentais que je craquais une allumette sous ses yeux. Je le tentais et ce n'était pas sans effet sur moi. J'apprenais la séduction et le plaisir d'en inspirer. Je suivais ma propre partition avec un sentiment d'excitation et de peur.

Elle m'intéresse beaucoup cette jeune fille que j'ai

été. Je n'avais pas eu besoin de l'écrire jusque-là. Mon histoire était en moi, je savais ce que je lui devais. Écrire est venu avec l'indignation, quand le discours public m'a semblé une tentative de captation. Je n'ai pas voulu me laisser prendre.

Je n'avais pas encore lu *La Femme et le pantin* de Pierre Louÿs. Et pourtant. J'avais quelque chose de Concha Perez, mélange d'Arabe et de Sémite, de femme et d'enfant, qui use de ses danses andalouses, de sa fraîcheur pour rendre fou d'amour un homme plus âgé qu'elle. Comme la jeune femme de quinze ans du livre, j'étais *mozita*, vierge, parfois pleine d'assurance et provocante. Mais je ne dansais pas nue, en bas noirs, les joues pourpres et le feu au corps devant des hommes, comme l'Andalouse. Ce personnage m'a fascinée. Aussi inconséquente qu'elle puisse paraître, l'amour n'est pas une distraction pour elle mais tout un art. Face à cette créature apparemment souveraine, Mateo alterne entre l'émotion, l'incompréhension et la colère. Mes jeux d'ensorceleuse n'ont pas mis F. en fureur. Il n'a eu envie ni de me frapper, ni de me posséder par la force, ni de me tuer. Il a plutôt voulu me chérir sans me malmener.

Mais j'ai appris à son contact combien l'amour et ses voluptés, défaits des contraintes morales, s'expriment à travers l'insolence d'un jeu terrible et beau, libre et violent.

Par son esprit fin, sa connaissance de la vie et ses irrésistibles danses, Concha m'a toujours semblé maîtresse en jeux de l'amour. J'étais beaucoup plus novice qu'elle. Mateo, lui, est persuadé que cette *primesautière* le précipite sur l'autre versant de la vie. Il pleure sa jeunesse dont cette enfant lui prouverait l'irréparable effondrement. Je crois, au contraire, avoir rendu fou amoureux un homme qui, grâce à nous, retrouvait l'ivresse de ses quinze ans. « Le présent était si intense que l'avenir et le passé disparaissaient en lui. »

Je me souviens que vers mes cinq ans, je m'étais volontairement soustraite à l'attention de mes parents. Je me revois errer de longs moments qui me semblaient des heures – je les voulais surtout telles pour les autres – dans les ruelles aux hauts murs en pierre de Vaison-la-Romaine où je passais régulièrement mes étés. Je cherchais à susciter l'angoisse chez ceux que j'aimais. Mais aussi, sans en avoir conscience à l'époque, à éprouver la fugue. Cette sensation, je l'ai vécue avec F. dans mes dons et mes refus, ses présences et ses absences. Quand la nuit était pleine, que mes parents somnolaient dans le salon, je faisais venir à moi, entre mes draps, l'image de F. Ses mains charnues, son regard désirant parcouraient mon corps nu. Un sentiment fou de liberté s'emparait de moi au moment où je me sentais au bord d'être prise. Une part de moi s'interdisait ses caresses, repoussait ce corps d'adulte avec effroi, une autre, les yeux mi-clos, se délectait de ce qui lui était défendu.

Correspondance

La jeune fille que j'étais ne semblait pas dépourvue d'esprit d'indépendance ni de désir : celui qui nous submerge pour la première fois et décuple nos forces. Aujourd'hui, il est courant de dire qu'un homme expérimenté face à une novice *profiterait* d'elle, de sa candeur, de son innocence, de son indécrottable ingénuité. Que les mots du capitalisme pénètrent ainsi les terres d'une tout autre nature me semble suspect. Je crois plutôt que le soupirant répond à l'ardeur qu'il suscite.

F. me faisait éprouver ensemble le plaisir et la curiosité pour tout ce qu'il m'ouvrait. L'alliance de l'émotion artistique et du désir sera la manière la plus intense qu'il me sera donné de vivre mes relations amoureuses. Je la chercherai toujours avec avidité. Quand, des années plus tard, mon tendre ami Ruwen Ogien préparait son livre de philosophie sur l'amour, *Philosopher ou faire l'amour*, nous en parlions des heures autour d'un café. Il affirmait avec son charme d'enfant malicieux que j'en connaissais un rayon sur l'ineffable et l'émotion amoureuse. C'était faux mais il s'amusait à signer ses courriels *Your fan*. Sans doute parce que je ressentais des choses à son contact, j'aiguisais ma compréhension en ce domaine.

On peut naître sensuellement de la distance amoureuse et du silence tendu comme un arc. Le fantasme se glissait entre deux rencontres avec F. J'en garderai une fascination pour les correspondances au long cours entre créateurs. La sensation unique que nous offre une correspondance amoureuse : avoir l'autre au creux de soi comme un pain chaud, une présence voluptueuse, ne cessera de m'émouvoir.

Et de me brûler car je ne m'en tiendrai pas qu'aux livres, j'en reproduirai l'expérience dans la vie. Les lettres d'un chevalier servant soulèvent, charment, embrasent, ravagent aussi parfois. Bien sûr les mots couchés sur le papier ou l'écran ne remplacent pas les mains d'un homme, décrirait-il les caresses qu'il nous destine. Mais ils en sont la promesse.

Depuis F. j'ai appris à rejoindre l'homme que j'aime en songe, grâce aux mots. La correspondance amoureuse exerce un pouvoir magnétique. Elle allume la flamme, délace la ferveur.

L'encre incendie les corps.

Lettres manuscrites, cartes postales, courriels, images ou textes envoyés par SMS… Il y a tant de façons de partager ses élans et les empreintes intimes de son existence. La correspondance amoureuse emplit de poésie et donne du *swing* à l'amour. Elle insuffle des mots de passion à l'aimé, cueilli au milieu de sa journée. C'est le rituel des alliés.

Correspondre avec celui qu'on aime, c'est partager un secret, un parfum, un cercle de feu.

Fugue

F. était très imprégné par la culture grecque dont il enseignait l'histoire et la langue. Dans l'Antiquité, pas de liste de fournitures scolaires. Le matériel se résumait à Homère. L'enseignement fondé sur sa poésie transmise de bouche à oreille était la discipline de l'esprit qui contrebalançait l'art militaire. F. semblait réunir en lui toutes les belles et nobles races.

À Sparte, on apprenait aux enfants dès l'âge de sept ans à ne pas plier face à l'ennemi. Je ne m'étais pas rendue. Aucune de nos lettres n'avait été lue par les adultes. Je n'avais pas trahi. Garder pour moi mes expériences intimes, comme si les exprimer pouvait les menacer ou les corrompre, perdurera dans ma vie.

Sept ans, à Sparte, correspondait aussi à l'âge où le garçon était retiré de sa famille pour être *encaserné*, soumis à des magistrats qui lui apprenaient la frugalité. Une pédagogie âpre qui cherchait à former une élite. À Athènes, c'était différent. L'instruction était confiée à des maîtres privés dans un cadre plus souple, moins militaire, où la littérature et la musique occupaient une grande place. L'enseignement du *beau et bon* dans le monde grec comportait trois disciplines : l'éducation physique, musicale et littéraire.

F. se comportait en athénien.

À Sparte, on s'entraînait à la course et on combattait à demi nus. Les filles recevaient aussi une éducation athlétique et intellectuelle.

F. portait en lui, comme un trésor, la vitalité, la liberté et la sensualité panthéiste de la culture grecque. Néanmoins il était de son temps. Il me demandait d'attendre pour s'aimer. Ce n'est pas souiller l'innocence que F. désirait mais y être plongé.

Un jour, il m'offrit un recueil de poèmes de Sapphô, première poète de l'Histoire, « dixième des Muses », qui réunissait autour d'elle un cercle de jeunes femmes artistes, formant une académie de musiciennes. F. m'avait transmis la force de l'esprit et de la poésie, en même temps qu'il avait levé le voile sur ma féminité.

Sparte vivait sous mon toit. Elle y prospérera longtemps.

« Il faut être indépendante d'un homme », me répétera ma mère durant mon enfance et mon adolescence. Aussi ai-je fait de longues études, pas seulement pour satisfaire son désir de revanche sociale, mais pour étancher sa soif de liberté.

« En me mariant, je cherchais un abri, je pensais avoir trouvé une famille », dit celle qui se sentit longtemps égarée. Quelques années plus tard, amaigrie, malade, elle dut renoncer à son gagne-pain d'employée de bijouterie. Son père l'aurait bien aidée si sa femme ne l'en avait empêché. Sur son lit de mort, il lui dira : « J'ai fait ce que j'ai pu pour toi. »

Quand je l'épuise à l'interroger, elle me rappelle son âge et ajoute, au bord des larmes : « Jusqu'à quand vais-je devoir ressasser cette histoire ? Que ton père soit là pour en parler, moi je ne peux plus. » Que ton père me protège, exprime-t-elle sans le comprendre tout à fait, qu'il m'apporte le secours que le mien n'a pas pu entièrement m'accorder.

Ma relation avec F. a été ma manière de vivre autrement un adulte et un père. Je ne cherchais pas le père déguisé en époux – en aurait-il l'âge –, mais un autre continent, celui de l'amant, de l'allié de l'esprit et du cœur, comme une liberté enfin conquise.

C'est à cette époque que j'ai fait pousser mes cheveux. Ma mère s'acharnait à dénuder sa nuque, à couper ras ses longueurs. Les miennes dévalaient sur mes reins.

Ma mère avait été éprise avant son mariage. Comment éprouver de nouveaux élans amoureux ? Malheureuse chez ses parents, elle désirait partir, mon père était promis à une situation. Très vite, elle s'est retrouvée prise à son propre piège. Elle en voulait à son mari de la vie qu'il lui faisait mener avec sa mère tyrannique et antisémite. Profondément frustrée, elle ne lui pardonnait pas de l'avoir sacrifiée.

Comment s'échapper de l'enfer de cette maison gouvernée par l'esprit mesquin et malveillant de sa belle-mère ? Vers où aller ? Elle a cherché par tous les moyens une rive qu'elle n'a jamais trouvée. Elle a sombré.

Petite fille, j'ai été témoin de son désespoir. Je désirais m'enfuir moi aussi. Un jour, je décidai de m'échapper pour de bon. Je partis d'un pas décidé en direction de la route nationale, au bout de notre rue. Vers où aller ?

Ce fut F.

Volvo

Il tire plusieurs enveloppes vides et blanches sur lesquelles est écrit mon prénom à l'encre noire. D'autres, kraft, où il est inscrit : « Théâtre » de biais, et en dessous : « Mademoiselle Caroline de Melun ».

Mademoiselle Caroline. *Mademoiselle Julie.*

Nous aussi, nous jouions un huis clos nocturne, se dit-il. Fut-il tragique comme dans la pièce de Strindberg ? Non. Ce ne sont pas les forces de mort qui l'ont emporté. Il comprend mieux à présent ce que je veux lui dire en partageant nos lettres.

Certes, nous nous affrontions comme les personnages de *Mademoiselle Julie* mais avec une douceur fracassante. Et F. n'était pas toujours le maître.

Melun, en Seine-et-Marne, était là où je vivais, dans un pavillon avec jardin. F. n'était jamais entré chez moi, n'avait pas vu ma chambre, seulement en songe.

Il s'en tenait au rond-point devant notre maison

et au cyprès à l'abri duquel il se garait à la nuit tombée. Il coupait ses phares. Nous restions de longues minutes assis l'un à côté de l'autre dans sa Volvo, à hauteur de la boîte aux lettres qu'il remplissait souvent après avoir refermé la portière derrière moi. Les feux éteints de sa voiture étaient l'envers de ce qu'il éprouvait.

Dans son imagination excitée, il se représentait les choses les plus incroyables qui auraient pu arriver dans cette voiture.

Il se lançait dans les plus luxuriantes hypothèses, toutes vraisemblables. En songe, il caressait l'ovale de mon visage, y décelait un mélange de candeur et d'assurance, de rêverie et d'insolence. Je me dévêtais entièrement. Il exigeait que je dégrafe mon soutien-gorge face à lui. Il voulait voir mes seins juvéniles jaillir du coton de leurs coquilles. Il me laissait ôter le crayon qui retenait mes cheveux en chignon et répandait mes longueurs sur mes épaules. La jeunesse de mon corps. Sa volupté enfantine. Son indécence désinvolte. Sa chasteté ingénue. Son air de défi et de provocation. La chaleur et la fermeté de mes cuisses. Mon regard dur et fier puis joyeux et confiant. Le mystère que je lui offrais. Tout cela le rendait fou derrière ses vitres embuées mais il en perfectionnait chaque image. J'étais nue, agenouillée sur le siège de sa voiture, les jambes entrouvertes. Mais non, assez, se disait-il, en chassant comme il l'aurait fait d'une mouche ces images de volupté.

Combien de trajets entre chez elle et chez moi, se demande-t-il ? Combien de lunes et d'orages ? Les heures qui suivaient nos rencontres pesaient de tout leur poids alors qu'elles lui semblaient si légères quand nous étions ensemble. F. ne savait pas me laisser partir. Mais parfois il me suppliait d'en prendre l'initiative. Il se forçait alors à sourire pour ne pas laisser sur moi la trace de son tourment.

« Neuf heures, huit heures, sept heures jusqu'à demain », se disait-il, allongé dans son lit, les yeux rivés au plafond.

F. a aimé comme moi le jeu de notre amour. Le surcroît d'être qu'il lui procurait. Et l'interdit qui allait avec, son impossible. Il en avait arraché une sève de vie. Qu'ai-je fait de cette souche ? se demande-t-il à présent.

Assis dans sa cuisine, il se sent un peu hors circuit au milieu de ces lettres. Il n'aimerait pas que je voie les sillons creusés de son visage ni son corps vieillissant. Ils lui font horreur. Pourtant ces mots couchés le rafraîchissent, lui rappellent le singulier qu'il a représenté pour une jeune fille devenue une femme sous son regard.

Ferrat

Je garderai longtemps en moi cette sensation délicieuse de qui rôde autour de ma chambre. Je savais que F. attendait longtemps devant la maison après m'avoir raccompagnée. En me glissant entre mes draps, je le devinais. Des années plus tard, je m'étourdirais d'un homme tout juste rencontré, désargenté mais habillé comme un prince, qui me faisait signe quand il se trouvait en bas de mon immeuble. Sa voix avait le timbre d'une basse, il chuchotait plutôt qu'il ne parlait. Son désir emplissait ma chambre. Je ne le laissais pas monter. Mais son image planait tel un fantôme, jusqu'à la hauteur de ma fenêtre par lequel il me regardait longuement. Dans le noir, il se penchait sur moi couchée dans mon lit, comme la féline de Paul Schrader descend nue dans le sombre du bois, le sombre de la nuit.

Je tire de la pile de lettres le livret d'un CD de Jean Ferrat. Sur la pochette, il est écrit : « Je n'ai trouvé qu'une seule fleur dans tout Paris à l'heure où nous nous sommes rencontrés. Elle est triste comme moi. »

À la première page, je lis :

« On ne me croit pas quand je dis que j'aime. Et pourtant regardez-moi, je suis peut-être un fou peut-être un esclave peut-être un sot mais je vous le dis, de cette vie je n'ai appris qu'une chose, j'ai appris à aimer et je ne vous souhaite rien d'autre : savoir aimer. »

Sur la seconde page :

« *Que ce soit dimanche ou lundi*
Soir ou matin minuit midi
Dans l'enfer ou le paradis
Les amours aux amours ressemblent
C'était hier que je t'ai dit
Nous dormirons ensemble
C'était hier et c'est demain
Je n'ai plus que toi de chemin
J'ai mis mon cœur entre tes mains
Avec le tien comme il va l'amble
Tout ce qu'il a de temps humain
Nous dormirons ensemble
Mon amour ce qui fut sera
Le ciel est sur nous comme un drap
J'ai refermé sur toi mes bras
Et tant je t'aime que j'en tremble
Aussi longtemps que tu voudras

Nous dormirons ensemble.
À Jean Ferrat
Aragon. »

Au dos du livret, à la plume noire : « Et puis encore je t'aime. »

Était-ce de Jean Ferrat, d'Aragon, de F. ?

Il y a aussi un Post-it jaune.

« Au-delà des mots,
pour faire entendre,
la musique…
Langues et musiques du monde.
Voix chères, parmi d'autres.
Je n'oublie jamais une voix… »

Je me souviens combien F. était ému ce soir-là. De quel spectacle revenions-nous ? Il s'était garé en retrait de chez moi, était sorti de la voiture pour prendre dans son coffre un cadeau emballé qu'il me tendait. Il y avait quelque chose d'émouvant et de solennel dans sa cérémonie. Je crois me souvenir, même si à l'extérieur il faisait noir, qu'il rougissait. Il avait soudain beaucoup parlé, je ne me souviens plus de quoi. Il était gêné et excité à la fois. Amoureux, sans doute. Je me souviens du cliquetis des portières. Les avait-il verrouillées lui-même ? La voiture était pleine de ses paroles et de son émotion. Y avait-il eu une place pour la mienne ? C'était à la fois beau et inquiétant.

Après s'être imposé à lui-même de se taire, il avait posé sa main sur mon genou. Sa main charnue dont je me souviens encore. Ronde, elle enveloppait ma peau. Je la revois aujourd'hui comme faite pour les caresses. Mais en moi, ce soir-là, la fillette s'était sentie interdite. J'éprouvais au-dedans un grand silence.

Les audaces et les dons de F. semblaient le surprendre lui-même. Le déborder aussi. Il était sur le point de succomber au plaisir défendu. Il m'avait demandé de partir. J'en avais envie.

Sous mon toit, le silence régnait toujours.

En pièces

Le désir ne marquait pas le visage de mes parents. Mais la frustration. Et pour ma mère, un héritage de violence qui colonisait notre vie de famille, en barbouillait les murs. Dans ce contexte, comment parler en son propre nom ?

Récemment, ma mère a donné des livres à ses petits-enfants pour effectuer des exercices de découpage. En quoi consistait le jeu ? À partir d'un livre, sculpter un hérisson à coups de ciseaux. C'est ainsi que *La Nuit* d'Élie Wiesel trône sur un buffet chez ma sœur, mon dernier recueil de poèmes sur une table de chevet chez mes parents, tous deux transformés en boules piquantes. Freud se régalerait. Les livres sont dangereux, ils peuvent ajourer ce qui doit rester enfoui. Mieux vaut les mettre en pièces et en exposer les corps.

La culture du livre que F. charriait avec lui et dont il m'a offert le bouclier afin de me prémunir du monde, a eu ses limites dans notre maison. Elle valait tant qu'elle n'entravait pas la violence qui régnait en maître.

Un enfant adhère d'abord au récit transmis par sa mère. Il le fait sien, comme il absorbe sa rage quand elle en est pleine. L'enfant est toujours la victime consentante de sa mère. Il accepte tout de celle qui est tout. Venant de la mère, la violence est bonne.

Quand elle est l'héritage obligatoire que personne ne cherche à arrêter, qu'elle rythme les jours, l'enfant sait à quoi s'attendre. Il peut se sentir soulagé quand sa mère s'en est soulagée, serait-ce pour un temps, serait-ce contre lui-même. La violence est tombée, la voilà derrière lui. Une mère peut nous enseigner à perdre nos forces pour son propre bien. Cela peut devenir un pli à vie.

Mais l'espace inviolé qu'on s'est forgé pour le supporter ne cède pas. Invincible, il se renforce de tout ce qui lui est contraire. Je le dois à F.

Le genou de C.

F. se souvient de mon genou dans la voiture alors que j'étais assise à côté de lui, vêtue d'une jupe découvrant mes jambes. Son genou aigu, lisse, nu, à la portée de ma main, se dit-il. Dans le silence de la voiture, sa chair blanche se découpait sur la nuit. Un pôle magnétique qui attirait ma main, irrésistiblement.

Il l'a posée d'un mouvement doux et fragile. Il a caressé mon genou quelques instants. C'était à la fois facile et impossible. Je ne disais rien. S'il avait eu la sensation de me choquer, il aurait retiré sa main. Je ne l'ai pas repoussée, n'ai pas déplacé ma cuisse, n'ai esquissé aucun mouvement de recul.

Nos yeux fixaient cette caresse. Si j'avais tourné mon regard vers lui, il aurait osé toucher mes cheveux, mon visage, mon cou… Mais je ne bougeai pas. Une part de lui avait peur de ne pas maîtriser l'instant. Ce morceau de peau nue appelait d'autres choses interdites. Il m'a demandé de partir. Par-là, il n'a pas cherché à dissiper l'enchantement mais à s'accrocher de toutes ses forces pour ne pas le déchirer brutalement.

L'image de *Puberté* peint par Munch surgit en lui. La jeune fille nue assise sur un lit semble avoir deux ailes, l'oreiller et le drap en forment une blanche. Une ombre contre le mur, une noire : on dirait que la nymphette a perçu le désir de l'homme.

Les jours suivants, comme je regrettais mon geste, se souvient-il. Quelle brûlure en lui, depuis. Quelque chose s'était ouvert qui semblait ne plus vouloir lui obéir. Mon corps le troublait avant, l'intimidait, il se sentait sans pouvoir face à lui. Et voilà qu'il l'obsédait à présent. Il voulait le posséder, le combler. Tout en moi lui semblait une insupportable provocation : mes cheveux déployés dans la cour du collège, mes éclats de rire à la cantine, mes joues en feu, le contraste de ma chair d'enfant et de mes sous-vêtements noirs, de mes courbes à la fois douces et déjà soulignées, enchantées et légèrement animales. Grâce fatale, charme fuyant de l'adolescente : il ne pouvait ni me cerner ni me saisir. Il m'imaginait partout : debout contre un mur, assise sur un banc, allongée sur l'herbe.

J'avais déjà un savoir de femme. Je disposais d'un pouvoir fantastique. Je tenais le cœur d'un homme entre mes mains d'enfant, angéliques et terribles. Je pouvais le plonger dans les eaux de la félicité ou l'envoyer au bagne.

Dans son délire, il se disait que les émotions

que je lui faisais éprouver lui donnaient un droit sur moi. Il était convaincu de me mériter mieux que quiconque. Il se sentait fou de colère et de jalousie pour ce gamin, Charly, mon petit ami de l'époque, que F. jugeait anecdotique. Il devait poser une main bête et négligente sur moi.

Quand F. apercevait ma nuque en classe, mes épaules en été, mes cuisses en rêve, quel mécanisme de sang, de chair et de muscles se déclenchait en lui ? Il prenait son trouble pour le mien et imaginait que je l'invitais aux premiers contacts, lui demandais d'initier mon éclosion. Heureusement quelque chose le ramenait sur terre. Mais combien de temps cela pouvait-il tenir sans conséquences tangibles ? La panthère cachée sous le lit de la prostituée dans *La Féline* écoute un temps ses propos qui l'irritent, puis vient le moment où elle lacère sa cheville.

F. avait peur de mes réactions, peur d'abîmer quelque chose en moi, de me souiller avec son désir de m'irriguer. Il ne voulait pas précipiter mon éveil sexuel mais se plaisait à le susciter. Il y avait en moi une enfant et une jeune fille précoce pleine de désirs. Comment satisfaire les deux ? Comment assouvir les attentes de la femme en devenir sans froisser l'enfant ? Comment troubler ma chair et éviter la catastrophe ? Comment étouffer son propre feu et affiner les gestes d'amour qu'il me destinait ?

Tout ce qui précédait le charnel, nous le vivions. Que j'accueille un jour sa chair en moi était un mythe qui vivait entre nous, splendide et intouchable. Mais il ne voulait pas faire de moi une *reine frigide* comme la Lolita de Nabokov en proie aux caresses infligées ; au contraire, il désirait attendre que je sois en mesure de vibrer sous elles, de prendre une part active aux ardeurs que je suscitais.

J'imagine que le corps de sa femme soulageait son désir pour moi. Des étreintes qui saccageaient son appétit vorace pour une jeune fille, l'en punissaient en un sens et l'en libéraient pour quelques heures. Quand il me retrouvait, il devait se sentir plus serein.

Il lui arrivait de s'en vouloir d'avoir cet âge, et à la vie de l'avoir conduit à moi trop tôt, ou trop tard.

Est-ce que je craignais l'homme en lui ? L'empreinte qu'il pourrait laisser sur ma peau ? Sans doute était-ce plus rassurant pour moi d'être touchée par un pubère.

F. ne me voulait pourtant aucun mal, seulement frôler mes vêtements sans les déchirer, s'occuper de moi dans un sur-mesure dicté par mes désirs.

Mais au fond de lui, il rêvait de vivre l'éclosion de ma chair, rêvait d'épouser mon corps, boire mes premières eaux, entendre mes gémissements de femme. Il rêvait d'assister à ma mue comme à un lever de soleil.

Galop

Je reconnais mon écriture adolescente.

> « J'ai bien dansé ce soir. J'étais belle, dit-on. Je me suis sentie sensuelle, femme. Jeux de regard, musique endiablée, grands yeux noirs fardés, danse charnelle... »

Je pratiquais la danse contemporaine plusieurs fois par semaine avec une certaine Aline. J'ouvrais mon plaisir d'être en scène à F. Je voulais qu'il me regarde, serait-ce en songe.

> « Mon ballet s'intitule Zingaro, consonance intime... »

Nous avions vu ensemble plusieurs spectacles au théâtre équestre de Zingaro, à Aubervilliers. Au début, F. proposait ces sorties à tous ses élèves, et puis au seul groupe de théâtre et enfin, peu à peu, à moi seule. Je me souviens de mon émerveillement face à la course des chevaux. J'entends encore leur galop, sens leur odeur animale, de cuir, et ma cuisse adolescente contre le pantalon de F., mes hanches puériles contre sa veste. Sensations d'éclatante beauté qui faisaient courir un frisson le long de mon échine. J'en garderai une passion pour les fauves de Delacroix, toutes griffes dehors, et un trouble certain face au corps à corps des étalons.

> « Aline nous voulait très sensuelles, très espagnoles, du caractère dans les gestes, de la présence, disait-elle. C'est un jeu de séduction, comme si vous vouliez vous faire désirer par votre homme assis dans la salle. Il est là tout près, il vous regarde. C'est pour toi que j'ai dansé ce soir, mon amour, et c'est grâce à toi que j'ai été si désirable.
>
> Tu me manques.
>
> Caroline. »

Mon amour, écrivais-je à un homme de plus de trente ans mon aîné. Je n'avais pas froid aux yeux. C'est seulement aujourd'hui que j'en rougis. D'où me venaient cette précocité et cette assurance? Avais-je reçu en legs les tombereaux de désirs frustrés d'une lignée de femmes avant moi? M'avait-on désignée (mais qui?) pour les en libérer? À l'époque, je me délectais de ces émotions nouvelles. Je me sentais d'un bloc. C'est cela l'adolescence: une masse incandescente dont rien ne semble pouvoir arrêter la course.

Une méprise court de nos jours sur cet âge de la vie. Je n'ai pas été une jeune fille forcée. Ni la prisonnière d'un mâle prédateur. Je n'étais pas non plus une agnelle innocente. On parle beaucoup de continuum de la violence sexiste et sexuelle. Ce que je cherchais à explorer, c'étaient précisément les limites. Non pas afin d'être violée mais d'éprouver dans mon corps la violence d'un désir conjugué. J'en garderai un plaisir fou, un plaisir érotique à voir un homme craquer, basculer, se laisser enfin aller à la fougue de son désir après l'avoir longtemps réprimé.

Avec le recul, je mesure la part d'audace qu'il y avait en moi ces années-là. Mais ne l'est-on pas tous irréductiblement quand, affranchi du dehors, on se trouve de plain-pied dans son désir ?

J'ai grandi depuis six mois. Déjà je ne peux plus agrafer mes corsages de l'été dernier. Ouvre celui-ci, tu verras comme je suis belle, glissait Concha à Mateo dans *La Femme et le pantin*. La danse jouait aussi son rôle entre eux. La manière bien à elle de la jeune fille de danser le flamenco était le délice et la tragédie de son amant.

Sa langueur et son ardeur à frapper du talon sur l'estrade, ses joues empourprées et sa *jeune poitrine agitée* étaient son plaisir et son fardeau.

Des hommes pratiquent le flamenco mais à les voir à l'œuvre, il me semble qu'il s'agit d'une danse faite pour les femmes. Et pour les hommes qui vibrent en les regardant. Le flamenco est aussi le nom d'un couteau ou d'un poignard. C'est peut-être alors le désir d'une femme pour le tranchant d'une certaine lame, une épée de chair, qui s'exprime à travers cette danse, autant que la tension et la violence qu'elle-même suscite. Les percussions que fait son corps sont celles de sa jouissance, les gammes de son plaisir. Son cri, celui des origines.

Ce jour-là, j'avais dansé avec orgueil et provocation comme si c'était devant F. J'avais le goût de me faire admirer et désirer par lui. Je maîtrisais le rythme, voulais m'y perdre. Je me sentais libre mais cherchais à être possédée. Et devant cet homme plus âgé que moi, tendu, me dévorant des yeux, et dont je convoquais l'image et tentais tous les sens, je l'appelais à me libérer tout à fait. En ondulant des hanches, en tournoyant des bras, en frappant le sol, je rejetais mes cheveux en arrière en un geste d'offrande comme si je me trouvais devant un autel ou un lit, un dieu ou un homme. Rêvant de l'empire que l'un ou l'autre prendrait sur moi.

Prudence

La tête lui tourne, il en sourit. L'amour est une nourriture troublante, même sous la poussière du temps. Il consent à avaler quelque chose. Sans hasard, il croque dans une pomme.

Il se souvient de l'attente qui tenaillait son corps à l'époque. Débordant, chargé de pointes d'obscénités. En classe, il brûlait intérieurement. Une jeune fille l'occupait, le tourmentait, il se sentait incapable de dominer ses émotions. Elle était lointaine, inaccessible, avait un parfum de sainteté et d'impudeur. Elle appartenait à un monde interdit. Et en même temps, comme tout était simple quand elle était là, se dit-il.

Il attrape un mot non daté. Il le fait comme on tire aux cartes, à la recherche de sa chance. Toutes ces lettres n'en sont-elles pas une ?

> « Vivre toujours en poésie
> Et celle d'Aragon est précieuse.
> Avec ou sans la musique et la voix de Ferrat.

Pour Caroline, qui me torture chaque jour adorablement,

mais aussi Marion

et leurs délicieux parents. »

Marion est ma sœur aînée. Il n'aime pas beaucoup ce qu'il vient de lire. Pourquoi prétendre que le cadeau qu'il m'avait offert dans sa voiture, avec toute la maladresse de l'amour, était aussi destiné à ma famille ?

Peut-être parce que j'avais l'impression de me tenir sur un fil au-dessus du vide, pense-t-il tristement. Il tâchait de se montrer prudent.

Mais quand l'amour cherche des compromis, il peut blesser. À vouloir apparaître convenable, quelque chose en lui ne s'était-il pas corrompu à mes yeux ? L'amour n'est ni convenable, ni moral. L'habiller ainsi n'était pas seulement ridicule, c'était aussi le pervertir.

L'avais-je relevé à l'époque ? Oui, mais sans en dire un mot. L'enfant est plus au clair que l'adulte quant à la délimitation du monde entre les collaborateurs et les résistants, les faussaires et les intraitables. F. n'était pas du côté des collaborateurs mais il n'avait plus l'intransigeance de l'enfance. Quelque chose en lui *composait* avec le *réel* dont il pressentait le danger pour nous deux.

Il s'en veut un peu aujourd'hui mais il renoue avec la musique de Ferrat qu'il m'avait offerte ce jour-là.

La musique était pour lui le *domaine des Muses*, des neuf Muses qui président à la pensée sous toutes ses formes. Le chant, la poésie, la danse, l'harmonie intérieure, voilà ce qu'il rêvait de me transmettre et de vivre autant que possible avec moi.

Bel ami

Pas facile, l'amitié d'Ingri Egeberg, dans la collection Le Sourire qui mord. Je tire ce petit livre au milieu des lettres. Sur la première page, F. a écrit au stylo à bille bleu :

> « 9/10/95.
>
> Tous les sourires ne mordent pas...
>
> Un piètre horloger, dis-tu, mais, quoi qu'il arrive, t'aime beaucoup.
>
> F. »

Aimer beaucoup n'est pas aimer. Je me souviens que je m'étais fait la remarque. Le livre qu'il m'avait offert était illustré de dessins naïfs au fusain représentant l'amitié/l'amour d'un trio : lapin, renard, enfant. Décidément.

Je me souviens aussi que le mot amitié m'avait semblé de l'habillage et qu'à l'intérieur, les sentiments s'emmêlaient. Comme lui. Un mélange de maîtrise et de prudence, de désir de laisser des traces de l'amour et d'autres pour brouiller les pistes. C'était comme s'il y avait toujours pour lui matière à partager mais aussi, ce que je n'avais pas pu comprendre à l'époque, à semer l'avenir. Les dons de F. étaient des promesses. L'adolescente ne voyait pas plus loin que le présent qu'elle rêvait de croquer.

À cette période, F. s'était lancé dans une leçon sur les termes différents utilisés par les Grecs pour indiquer des sentiments d'amour distincts.

Pour définir *Éros*, il citait Sapphô de Lesbos. *Éros a secoué mon âme comme le vent, qui vient de la montagne, tombe dans les chênes*. Un amour *briseur de membres, amer et doux, créature invincible*. Éros représentait la passion face à laquelle on se trouvait sans défense, en proie à un désir irrésistible, souvent fatal, et dont l'intensité, selon la tradition rhétorique, restait intacte à travers le temps, affirmait-il.

Dans la mythologie grecque, les flèches qu'Éros décochait laissaient leur cible tourmentée par un amour incontrôlable. Fruit d'un amour adultère, Éros se moquait bien de savoir si ses cibles étaient libres ou engagées, si les passions que la divinité soufflait sur elles étaient légitimes ou dangereuses. Leurs conséquences pouvaient être mortelles mais elle s'en fichait pas mal. Elle se tenait dans le camp des ardents. La modération n'était pas son affaire.

Le deuxième terme qu'il nous apprit fut *Philia*, en référence à un sentiment plus apaisé, moins dangereux et tumultueux qu'*Éros*. Il était à la fois « amour » et « amitié. » Il désignait aussi la relation conjugale.

En m'offrant les poèmes de Sapphô, F. m'avait précisé très tôt à quelle définition de l'amour il se référait pour nous.

Cette figure de femme poète avait-elle laissé une autre empreinte dans ma vie ? Celle qui signa *Hymne à Aphrodite* se serait suicidée dans l'île de Leucade, raconte-t-on, en se précipitant du haut d'un promontoire rocheux par désespoir d'amour pour Phaon, l'étoile double de la déesse grecque du désir. Même si ce saut dans le vide semble n'être qu'un mythe, j'espère terminer ma vie autrement.

L'amour restait le grand sujet qui circulait entre nous. La confusion des sentiments était au cœur de certaines pièces que F. me faisait découvrir, comme *L'Île des esclaves* que nous avions vue ensemble en juillet 1995. Dans la salle obscure, tout près l'un de l'autre, ne rêvions-nous pas d'être réunis sur cette île de nulle part où les rôles seraient inversés, où le naufrage serait une fête, où l'amour ne serait pas à guérir mais à éprouver ?

Sur le programme du spectacle mis en scène par Giorgio Strehler à l'Odéon, F. avait écrit au stylo bleu :

« Ce soir donc 19 h. Avec plaisir bien sûr.

Caroline,

Si cela te chante, je pourrai te donner la semaine prochaine

— le texte de Marivaux

— le programme complet (belles photos du spectacle). »

Il m'irriguait de ce qu'il aimait. J'avais toujours senti combien il cherchait à partager avec moi ce qui nourrirait mon cœur et mon intensité. Des dons qui m'aideraient à vivre comme un perpétuel voyage au pays de la beauté.

Il m'emmenait de plus en plus souvent au théâtre. À la longue, sa femme avait relevé la régularité de nos sorties en tête à tête. Elle lui en avait fait la remarque. Il lui avait jeté un regard consterné. Ne parlait-elle pas de moi comme de la première venue? Il lui aurait dit qu'il aimait ma présence, partageait beaucoup avec moi, me trouvait une sensibilité rare. Que nous étions unis par un goût immodéré pour la poésie, le théâtre. S'entendait-il parler? Se souvenait-il que j'avais quatorze ans? Et qu'il parlait à son épouse d'une pucelle comme de son grand amour?

F. m'avait rapporté la conversation qu'il avait eue avec Claire. À l'époque, j'en avais été flattée. Aujourd'hui, une part de moi est mal à l'aise. Sans doute parce qu'il m'est arrivé par la suite d'occuper un rôle ambivalent au sein de couples aînés. J'ai pu servir de faire-valoir narcissique et d'objet de tentation à des hommes, voire d'instrument de blessure dirigé contre leur compagne. J'ai appris à me méfier des couples et de leurs ressorts secrets avec un tiers. Le souvenir de ma conversation avec F. me fait comprendre ce qui a pu en être à l'origine.

Nuage

F. déplie une nouvelle lettre.

« 16/10/95.

Charly?...

Besoin d'affection, dis-tu. Une femme m'a-t-on dit un jour, n'a pas de besoins mais des désirs. Cœurs désireux, corps désirant (désirable parce que désiré).

Une fois de plus, oublie les radotages sur le collège dont je te saoule au bout de la route, au bout de la nuit.

Les brimades personnelles, mises en accusation publiques incessantes, appréciation administrative réduite, mauvais emploi du temps, refus de salles etc., sont lassantes mais :

1/ Je méprise quand il faut.

2/ Je résiste quand il faut.

3/ Je tuerai s'il faut.

Plus importants sont les comportements individuels surprenants, décevants, écœurants. Ou le non-respect de valeurs essentielles (non! pas “à bas l’essentiel!” quand il s’agit de pédagogie, d’éducation, de culture, de citoyenneté collective, etc.)

Peu t’importent les détails, mais touchant les individus. Où va-t-on sans honnêteté, courage, respect de la liberté de parole et d’opinion, refus de la mesquinerie ou du cafardage? C’est grave.

Refuser un signe de sympathie dans la maladie est grave aussi. Et je ne le ferai pas, hélas.

Le collège existe de moins en moins. Mais les (bons) souvenirs existent – les élèves – anciens ou actuels – existent. Les combats continuent. Un projet de quatuor théâtral existe (peut-être – si... quoique... malgré...).

Caroline existe.

Pour le reste, Rimbaud toujours: changer la vie! La vraie vie est ailleurs! L’amour est à réinventer!

Tendrement

F. »

Ce mot le rend un peu triste.

Le monde autour d’eux commençait à se refermer. La direction de l’établissement lui faisait peu à peu comprendre que sa singularité, ses méthodes pédagogiques, sa boulimie de projets cadraient mal. Il était mis de côté. Il allait apprendre, bien malgré lui, ce que c’est que de se sentir de trop dans un certain monde, de s’éprouver importun, étranger, mal placé.

Comment Caroline vivait-elle ses problèmes

d'adulte qui n'étaient pas encore les siens mais la frôlaient de près ? se demande-t-il.

Il revient au début de sa lettre. Charly, mais oui, c'était son petit ami de l'époque. Quelle Messaline à me le mettre sous le nez. Quel âge avait ce blanc-bec au prénom idiot ? Quinze ans tout au plus. Il devait l'enlacer, l'embrasser comme je rêvais de le faire. Pire, la peloter sans y songer, moi qui désirais caresser ses seins virginaux. Il devait faire glisser maladroitement la fermeture Éclair de son jean et elle, se laisser faire.

Il se souvient combien ce genre de scène le tourmentait à l'époque, il se demandait ce que je fabriquais avec lui, tout en le sachant bien. Heureusement il n'était pas au quotidien sous ses yeux mais dans un autre collège. F. voyait que je mûrissais, mon paysage de saveurs et de plaisirs s'ouvrait. Il aimait mes ardeurs mais il n'était pas fait de bois.

Signalement

La lumière a quitté mon bureau. Elle est retombée dans la cour où monte l'odeur du figuier, un mélange savoureux de cassis et de noix de coco. Je remarque que les lettres de F. sont plus longues au fil des mois. L'hostilité du dehors autour duquel se détachait notre histoire commençait à peser sur nous. Écrire semblait l'en soulager.

> « 17/10/95.
> La paix, bien sûr,
> Plus que tout,
> Sans feinte, sans fierté,
> Sans pudeur,
> Sans vaincu ni vainqueur.
> Mais la paix juste
> la paix vraie.
> Et avant cela, il faut finir la guerre,
> Aller au fond des mots de sang
> au bout des larmes amères.

Épuiser la guerre
Totalement
Pour y viser la paix
Totale.
Une vraie guerre est parfois nécessaire
pour que la paix ne soit pas fausse.
Sans guerre déclarée,
pas de déclaration de paix,
de déclaration d'amour.

Le pardon, bien sûr,
Mais jamais avant l'aveu de la faute.

La raison se soucie peu de savoir qui a raison. L'amour encore moins. On a même tort parfois d'avoir raison.

Il faut aimer juste, comme on joue juste, sur un instrument ou sur un plateau.

> "*Tu vas la nuit où je vais la nuit*
> *Mais nous n'y allons pas ensemble*
> *Un et un font trois.*"
> Hemingway.

P.-S. – J'envoie quelques mots à A. L. Rien n'est changé mais j'estime le professeur et je respecte la maladie.

F. »

Notre amour était pointé du doigt par les plus attentifs au collège. Ou les plus moralisateurs, ou les tenants du réalisme, ou les frustrés au carré, c'est selon, et tout à la fois parfois. Je ne sais pas dire pour le professeur de sciences naturelles qu'il mentionne et dont je me souviens. Une femme petite, bien en chair, à l'accent du Sud-Ouest. Étaient-ils les signes d'un de ces beaux dehors qui cachent des coulisses plus sombres ?

Elle n'avait pas parlé d'amour nous concernant – qu'en savait-elle d'ailleurs ? – mais de comportements malvenus de la part d'un enseignant vis-à-vis de son élève.

À qui s'en était-elle ouverte ?

Sans doute, à qui voulait bien l'entendre.

Je me souviens d'une pression sourde, larvée, pleine de sous-entendus, de mots âcres dictés par des projections et des frustrations personnelles. Je voyais partout le diktat du docteur Mortimer « Défense de désirer »...

Sensible, je captais très bien les émotions des adultes de l'établissement. Les regards, les désapprobations perceptibles dans un geste, une expression, un silence. On cherchait à nous intimider. Je me sentais comme une bête traquée. F. fit preuve de courage en maintenant notre correspondance, nos projets de théâtre et notre singulière équipée. Il devait éprouver quelque chose de rare pour tenir le cap. Prêt à relever le gant, il démontrait une capacité de résistance peu commune aux règles du jeu qui faisaient de lui un coupable. Il ne pliait pas face à ceux qui suspectaient notre duo d'odyssée du diable. On lui ferait payer son entêtement.

Le Chaud et le Froid d'Hemingway était paru en France en mai de cette même année. Il avait trouvé là où se ressourcer, où légitimer sa guerre, gagner en imperturbable.

Je lui soufflais la paix et le pardon. Il me disait à demi-mot qu'à l'avant du front, il resterait seul. Savait-il déjà qu'il aurait toujours tort aux yeux du monde ?

Gardien de rêves

Un soir, sur la route, par une nuit orageuse et sans lune, F. m'avait parlé de sa fascination pour Hemingway : son œuvre mais aussi sa manière de construire sa légende à travers l'expérience de la guerre. F. était captivé par les personnages envoyés sur le champ d'honneur et les scènes de bataille dépeintes par l'écrivain américain ; leur cruauté et leur absurdité. *Notre humaine condition*, disait F. À ses yeux, il ne fallait jamais se désengager du moindre combat – F. ne lâchera rien face à nos adversaires – sauf si l'amour exigeait qu'on déposât les armes.

L'année où *The Nick Adams Stories*, parues aux États-Unis en 1972, avec pour toile de fond la Première Guerre mondiale, étaient en cours de traduction en France, une œuvre cinématographique enracinée dans les heures sombres de l'Histoire marqua profondément F. Nous étions garés devant chez moi et avions fait quelques pas pour prolonger l'instant de confidences et de tendresse. L'orage menaçait, il lui fallait partir.

— En regardant un jour *Portier de nuit* de Liliana Cavani, tu comprendras ce qu'est la guerre et ce que peut l'amour. Tu comprendras aussi que leur lien enserre toute la beauté dont l'homme est capable, m'avait dit F. debout contre sa voiture, comme un prophète en haut de sa montagne.

J'ai vu ce film des années plus tard. Il était loin de l'image solaire que j'avais gardée de F. Mais il me troubla.

Vienne, 1957, ville grise hantée par le fantôme du nazisme. Le film raconte les retrouvailles dans un hôtel de luxe entre un ancien officier de camp devenu portier de nuit et l'une de ses détenues rescapée de la Shoah. On pourrait s'attendre à la chasse à l'homme d'un nazi démasqué par une femme vengeresse. Il n'en est rien, c'est sans doute ce qui dérouta à la sortie du film et précisément ce qui m'a séduite.

Lucia, la jeune fille juive au serre-tête d'enfant en camp de concentration, est devenue une femme au chignon serré. Max la revoit en songe, nue parmi celles et ceux qui l'étaient tout autant alors qu'ils défilaient devant les nazis pour égrener leur nom, leur date de naissance et leur origine. Habillé en tenue de SS, il filmait la fillette dans la file. Quinze ans plus tard, elle retombe sous son charme.

Ce qui m'a frappée dans cet amour prohibé, c'est combien l'atroce du camp dicte aux amants une séduction trouble dont la volupté l'emporte sur l'humiliation. « Ma petite fille… » murmure Max à celle habitée par un désir qui ne semble ni la vengeance ni le meurtre. Une réplique m'a touchée plus qu'une autre car je l'ai cru sortie de la bouche de F. : « Je ne laisserai personne la toucher. Je l'aime. C'est ma petite fille, elle était si jeune… Ce n'est pas romantique, c'est une histoire biblique. »

F. n'était pas portier de nuit mais un peu le gardien de mes rêves. C'est aussi dans l'obscurité que notre histoire s'est scellée. F. redoutait les pleins feux sur nous. Il préférait veiller l'aurore. Nous avions besoin d'ombres, de clandestinité. À couler sur le noir, le corps laiteux de l'amour gagne en éclat.

Dans le film, la police recherche Lucia, les siens sont à ses trousses. Leur duo est une provocation pour les personnages secondaires qui veulent à tout prix mettre fin au scandale. F. avait des airs de voyant en me soufflant cette histoire. Les brigadiers des mœurs allaient nous encercler.

L'alliance de Lucia et de Max était libre. La jeune femme ne portait pas le visage d'une prisonnière entre les bras de son amant mais d'une amoureuse. Je n'avais pas le visage d'une victime sous le regard de F. mais d'une jeune fille éprise.

Liliana Cavani n'a pas filmé ce que nous étions en droit d'attendre dicté par l'entendement ou l'Histoire mais par l'amour. L'obsession amoureuse, érotique, est sans fin. Comment peut-on succomber à son bourreau ? Mais le bourreau succombe lui aussi. J'ai eu la sensation d'assister à une passion partagée née aux tréfonds des enfers.

L'Histoire est enflammée par deux êtres qui ne sont pas là pour la porter. Nous non plus avec F., nous n'étions pas là pour incarner la morale du temps ni éprouver ce que l'on espérait de nous. Ni héros, ni encartés, ni obéissants à l'époque. Nous étions ailleurs comme tous les êtres qui s'aiment.

Peut-être en m'invitant à regarder ce film et ces amants lucides ouvrant la porte sur nos nuits, F. voulait-il me mettre en garde contre l'hypnose collective et encourager mes émerveillements intimes.

Galatée

Le dogme contemporain de la victime héroïque m'apparaît comme un piège dangereux. Par les temps qui courent, cette posture comporte un gain social. Elle nourrit une entreprise militante ayant le vent en poupe qui s'appuie sur un système de dénonciations de violences sexuelles, et de représailles à l'égard des prédateurs désignés et de leur entourage.

Certaines femmes ont pu juger – voire injurier – les hommes qui ont partagé leur vie, avec la morale socialement porteuse de leur temps, et non avec les sentiments et sensations d'alors. Si j'avais écrit mon histoire dans ce même mouvement, sous l'emprise de son évangile, et guidée par la surenchère, elle aurait été tout autre, sans doute sous la forme d'un récit accusatoire. Mais j'aurais eu conscience de son caractère mensonger. Or, la vérité intime passerait-elle par le registre de l'autofiction me semble essentielle en matière d'écriture. Et c'est aussi vers le scandale de ne pas être dans la victimisation que j'ai souhaité aller car le vrai fétiche du temps me semble là.

L'air est plus frais. F. ferme la fenêtre et tire une nouvelle carte postale, une reproduction de l'œuvre *Le Savoir* de Magritte composé en 1961. Une statue maculée de notes de musique à l'avant d'une porte ouverte sur la nuit et un croissant de lune.

F. voulait que je fasse confiance aux forces de l'imaginaire et de l'art, révélatrices à ses yeux du mystère de l'homme et du monde. Aussi que je trouve ma voie personnelle, suive mes impressions sensibles. L'éducation de mes parents semblait les tolérer par convention plus que par conviction. F. pressentait que ce domaine enchanté me serait un jour défendu.

Me faire découvrir l'univers de Magritte, *engagé dans le mystère du monde*, était sa manière de me sortir du huis clos infernal avec mes parents et des sentiments obligatoires. Il souhaitait m'initier à la poésie peinte, l'échappée belle de l'invisible, que je plonge au centre du tableau où l'ouverture vers le paysage et le ciel laisse voir une profondeur plus grande. Pour qu'un jour, peut-être, je sache transformer les portes en ciel.

Les statues recouvertes de notes de musique semblent de bois, des sortes de bilboquets. Il avait envie que je goûte au rapprochement inattendu, à l'hybride poétique, en art comme dans la vie. Que l'esprit de sérieux ne me gagnât pas trop vite, que je lui préfère toujours l'allégresse et la dérision.

Il cherchait aussi à me former, à me pétrir (si seulement, se disait-il), à aiguiser mon regard. N'étais-je pas une Galatée pour lui ? Mais avais-je toujours été un digne Pygmalion pour elle ? se demande-t-il à présent.

F. m'avait sculptée mais il ne s'était pas voué au célibat pendant des années comme Pygmalion. Celui-ci finit par le rompre pour épouser la statue dont il était tombé amoureux, œuvre de ses mains.

Je n'avais pas seulement été l'immaculée de l'ivoire pour F. De Galatée, j'avais le lait de l'enfance mêlé aux coulées fauves de la femme. J'étais de vertu et de vice.

Au verso de la carte postale du peintre surréaliste, F. a écrit :

« *Je me croyais libre*
Sur un fil d'acier
Quand tout équilibre
Vient du balancier.
Aragon. »

Pourquoi est-il ému par ces lignes vingt-cinq ans plus tard ? Parce qu'elles sonnent juste sans doute. L'émotion se moque du temps. F. avait dû se sentir en équilibre sur un fil intenable. Nous n'étions pas dans des conditions favorables pour nous aimer.

Comment vivre un amour avec une jeune fille de quatorze ans ? Qu'inventer de plus pour la voir plus ?

se demandait-il alors. Il rêvait de sortir de l'habitacle de la voiture avec moi mais il s'en voulait de le vouloir. Dans son délire, il se demandait s'il lui faudrait un jour calmer mes ardeurs de femme en me limant les crocs, en me coupant les griffes. L'instant suivant, il reconnaissait ne pas du tout vouloir éteindre le feu qui couvait en moi, lui qui avait tant de mal à surmonter son désir d'apaiser le sien.

Garder la ligne de son bien, de son plus grand bien avec une ardente comme elle, comme ce fut dur, se dit-il aujourd'hui.

Mais n'est-ce pas toujours dans des équilibres précaires, des hors-champ, que la part belle de la vie se joue ?

F. n'était pas malheureux avec ses enfants et sa femme. Les jours s'écoulaient dans un quotidien sans accroc entre leurs collèges respectifs et leur pavillon en banlieue parisienne. Une part de lui en cherchait. Il a choisi l'adolescente, la fervente qui croyait aux prodiges, pour lui vouer un amour secret. Au-dehors, l'hostilité à notre égard allait croissant.

Bastien

La lumière baisse sur le figuier. Ses fruits encore verts forment des poings d'enfant au bout des branches. Les ouvriers rangent leurs outils, finissent d'emplir leur camion de gravats. Je prends une lettre non datée.

« Caroline,

Tu étais très belle vendredi soir. Le noir te va bien. Tu porteras bien le deuil de tes amours. Mais avec le blanc et l'or était-ce le deuil ? Pour ce qui est de la touche de rouge en bas de la jambe…

Pardon de t'avoir embarquée dans cette aventure familiale – entre Italie et Chine, poulailler et studio.

N'écoute plus jamais ce que je peux encore oublier de te taire sur le collège. Je déteste de plus en plus l'égoïsme, la petitesse et la langue de bois. Et ma vision de l'école et de la vie est trop différente et gourmande, pour être comprise ici et maintenant – y compris par toi sans doute. Mais rien de cela n'est grave. *La vraie vie est ailleurs.*

F. »

Je me souviens de l'avoir senti écorché ce soir-là. Étrangement, son isolement, sa blessure de se vivre en marginal me touchent encore. J'avais déployé des trésors de compréhension pour lui mettre un peu de baume au cœur.

Où m'avait-il emmenée ?

Mon souvenir est vague, peut-être dans le studio de son fils qui revenait de Chine, et n'avait pas non plus l'âge d'être mon petit ami.

Je me souviens m'être poudrée ce soir-là, fardée les lèvres et parfumée. Je portais un bracelet en or autour du poignet. Ma tenue était un mélange de mon cru qui disait mon désir de le séduire. Je montrais mes jambes avec lui. Ma mère m'avait défendu d'utiliser son rasoir à main. Elle m'avait mise en garde, la repousse des poils n'en serait que plus drue. Il fallait préférer attendre une pilosité fournie avant d'être conduite chez l'esthéticienne. Impatiente d'offrir à F. des jambes soyeuses, je n'en ai fait qu'à ma tête et me suis emparée des précieuses lames.

J'avais l'air chaste mais, avec ma peau dénudée et mes yeux savamment maquillés, j'étais la tentatrice. À la fois fugitive et capiteuse.

J'aimais l'image qu'il me renvoyait et l'intensité qu'il me donnait de vivre. Abdiquer le féminin ne consista pas uniquement pour ma mère à couper ses cheveux. Elle mit aussi son homme à l'endroit du père à qui il revenait de la protéger. Elle ne fit de lui ni un frère humain, ni un ami, ni un amant. Avec F., je ne rejouai pas la même mise.

« Tu porteras bien le deuil de tes amours », avait-il écrit.

L'amour est visionnaire.

Trois ans plus tard, je serai gagnée par la nuit. Une nuit sans bord.

Bastien meurt dans un accident de voiture. Le compteur est relevé à plus de deux cents kilomètres à l'heure. Nous nous aimions depuis deux ans. Quelques mois avant sa disparition, j'avais rompu sous la pression de mes parents qui jugeaient le jeune homme médiocre. Pour moi, quelque chose en lui s'était brisé là, qui finit par se rompre.

Bastien avait tenté de me rendre jalouse avec une métisse aux yeux verts, avant que les événements ne se referment sur lui. Son père fut licencié, et peu de temps après jeté en prison pour tentative de viol. Le mardi précédant sa mort, Bastien ne m'en avait pas parlé au téléphone. Ses parents *allaient bien*. Il est mort le jour de la Saint-Valentin, le jour où l'on est deux.

Mon goût pour l'élévation et la beauté cachera longtemps une honte. Du purin niché dans mon or. De l'anthracite dans mon rire.

J'avais trahi l'amour. Le véritable.

Le chevaleresque qui déposait chaque soir des

lettres sous les volets de ma chambre. L'éperdu qui avait éveillé mon corps à la sensualité.

À dix-sept ans, j'avais choisi de me conformer, d'être ce que les adultes attendaient de moi. Une bonne élève, demain une situation enviable, un mariage respectable. Le clinquant d'une ascension sociale.

Tout ce que j'aurais aimé ne jamais avoir à entendre, m'avait dit Bastien après avoir eu vent des propos dictés que j'avais tenus sur lui, en son absence.

Par-là, je m'étais montrée indigne du chemin que F. m'avait ouvert, de la lignée des Phèdre et Électre que j'admirais.

Ai-je bien porté le deuil toutes ces années? demande F. dans sa lettre. Drôle d'expression. Un deuil est *bien porté* quand on ne se fie plus aux apparences ni du deuil ni de rien, que le chemin emprunté, serait-il hors ligne, traverse la faute, endure la honte, pour tâcher, non pas de la réparer – on ne revient pas de la mort –, mais de se rendre digne de l'amour. En étant fidèle à sa vérité, peut-être conjure-t-on la trahison.

L'unique

Voilà une lettre de son élève. Il reconnaît mon écriture et mon ton adolescent.

« Le 18 novembre 1995.

Je suis jalouse.

J'ai envie que vous rejoigniez un collège ou un lycée où vous vous sentiriez bien. Je vous souhaite des rencontres riches, que vous vous réalisiez entièrement. Mais la jeune fille que vous allez trouver intelligente, fine, avec laquelle vous allez partager *Dom Juan* ou *La Mouette*, me rend jalouse. C'est ridicule ? Sans doute. Je suis égoïste, pardon. Possessive même. Vous êtes la plus belle chose qui me soit arrivée. Je vous admire. J'ai peur de vous décevoir. J'ai envie de vous éblouir. J'ai peur que vous vous lassiez de moi, peur de vous ennuyer. Je vous aime au-delà de tout. Vous me chassez de votre esprit après 17 h, j'imagine. Votre femme, vos enfants…

Moi, jamais.

Caroline. »

Une écriture aux dents serrées sans doute parce que je découvrais la jalousie. La soulignait, la revendiquait. Il y avait quelque chose d'exclusif dans ma manière d'aimer. C'était un trait de mon adolescence. Concha aussi, du haut de ses quinze ans, redoute de ne pas être la seule dans les bras du *caballero*. Dévorée par ce sentiment, j'oubliais au passage tout ce qu'un départ du collège, une mutation forcée impliquerait de perte pour F.

Quand une femme porte un regard rétrospectif sur sa liaison amoureuse avec un homme plus âgé à l'adolescence, elle sait combien la jeune fille veut être aimée avec la certitude d'être la première et la dernière, comme dans les contes de fées. La femme, a priori, si elle accepte de ne pas se mentir à elle-même, comprend qu'il s'agit du registre despotique de l'exclusivité et de la possession propre à un amour immature. Et qu'il y aurait lieu de s'alarmer si un homme de cinquante ans n'avait rien vécu amoureusement avant elle. Avec l'expérience, normalement (mais certaines de mes contemporaines voient les choses sous un angle différent), elle prend aussi conscience que demander à être l'unique ou exiger la fusion totale est un évitement de soi (la concernant elle, bien plus que lui) et un poison redoutable. Enfin, qu'un homme ait un passé ne fait pas d'une jeune femme une passade.

F. me revoit traversant la cour d'école pour lui remettre cette lettre aux yeux de tous. J'avais pourtant reçu l'ordre de ne plus m'approcher de lui. Son visage grave est resté en moi, se dit-il. À quatorze ans, c'est sérieux d'aimer. Il ressent encore combien j'avais l'air forte et perdue, intransigeante et vulnérable. J'avais eu tellement envie de la serrer contre moi, se souvient-il.

Il reconnaît sa propre écriture sur un autre papier. Des citations sur plusieurs pages du film *Nelly et Monsieur Arnaud*. Il s'était identifié à cet homme âgé, ancien magistrat à la cravate foncée, impeccable dans son imper mais si fragile face à la jeune Nelly au visage de madone.

> « *Monsieur Arnaud.* – C'est à moi que ça fait plaisir. C'est plus gratifiant que de les perdre au jeu. »

Le film revient peu à peu en mémoire à F. grâce aux notes griffonnées à l'époque. Monsieur Arnaud est attablé dans un café avec la jeune femme à qui il donne la somme nécessaire pour éponger ses dettes. Il ne sait pas qu'elle lui permettra aussi de quitter son mari qui végète, sans but, dans leur appartement. Par ce geste, monsieur Arnaud n'achète pas Nelly, il lui offre ce dont sa liberté et sa vie ont besoin.

> « *Monsieur Arnaud.* – L'ennui, c'est humiliant. »

Pourquoi avait-il noté cette réplique? Peut-être parce que ce sentiment le submergeait parfois.

« *Monsieur Arnaud à Nelly*. – N'hésitez pas à me brusquer. »

Il rétribue la jeune femme qui tape son manuscrit. Ce qu'elle lui fait éprouver ébranle sa vie. Sa présence l'occupe, l'agite, le tourmente, bien sûr il en redemande.

« *Monsieur Arnaud*. – Vous faites ce que vous voulez avec les garçons de votre âge. Lui et moi ne sommes pas dans le même emploi. »

Monsieur Arnaud fait référence à l'amant que Nelly retrouve après avoir dîné avec lui. Le vieil homme ne voit pas de perversité de la part de la jeune femme à vivre cette liaison, des regrets sans doute de ne pas tenir le rôle de galant auprès d'elle. Mais le désir qu'on inspire ailleurs ne fait pas germer uniquement la nostalgie chez celui qui nous aime. Il se communique. Il peut être un souffle de vie qui fait gonfler la sienne.

« *Nelly*. – Je suis libre avec vous.
Monsieur Arnaud. – Restez vigilante.
Nelly. – Je ne vous prends pas pour un saint. »

La jeune femme fouille du regard les serveurs et les gens attablés dans le restaurant où elle se trouve avec monsieur Arnaud. Amusée, elle s'interroge sur ce qu'on doit penser d'eux.

« *Nelly*. – Notre duo les fascine.

Monsieur Arnaud. – Ils s'ennuient. »

Les alliances amoureuses peu conformes à la bienséance sociale mais dont la force irradiante frappe quiconque croise leur chemin suscitent au mieux la fascination et l'excitation, au pire la jalousie et le ressentiment.

« *Monsieur Arnaud*. – Ne pas la voir, c'est pire. Elle est là tout le temps (il montre sa tête). Alors je suis un peu débordé.

Une amie. – Au moins, il t'arrive quelque chose.

Monsieur Arnaud. – Il y a des débuts tardifs.

Une amie. – Elle tient à toi, tu sais.

Monsieur Arnaud. – Qu'elle ait une histoire ailleurs, ça ne me gêne même plus. Tu le connais ? »

« *Nelly*. – Ce que j'aime c'est qu'on se voie comme ça. Des moments volés.

Son petit ami. – Volés à qui ? »

« *Un ami de Monsieur Arnaud*. – Votre présence éclaire ses vieux murs. Mais pour vous aussi c'est une chance ?

Nelly. – Oui. »

Voilà peut-être ce dont le monde aujourd'hui ne veut rien savoir.

Hernani

Il est bientôt l'heure d'aller chercher mes enfants à l'école. Connaîtront-elles un jour mon trésor? Est-ce dans l'ordre des choses? Qu'ai-je su, avant l'âge adulte, de l'effondrement intime ayant conduit ma mère à garder le lit durant mon enfance? Sans doute vaut-il mieux connaître précocement un récit de vie que les dessous d'un désespoir.

J'aimerais que mes filles ne grandissent pas dans le seul écho assourdissant de l'hashtag MeToo, de son atteinte à l'imaginaire amoureux, de l'appauvrissement du regard et de la misère sensible qu'il instaure, du climat de récrimination et de suspicion de l'autre qu'il fonde. J'aimerais qu'elles entendent d'autres voix, et envisagent d'autres chemins vers les hommes.

Je tire un papier rose de forme carrée. Au stylo, F. a écrit :

« Je vois *Hernani* mardi 12 décembre 21 h si cela te dit…

(Dommage que tu ne voies pas plutôt *L'Illusion comique* ou *La Surprise de l'amour*. Très bien l'un et l'autre.) »

En décembre, nous nous voyions moins. Mon père freinait mes sorties. La rumeur enflait au collège, en avait-il eu vent ? Ma mère était allongée, éternelle épuisée, grelottante pendant ses crises de spasmophilie. Je la croyais sans cesse sur le point de larguer les amarres, de partir pour le grand nulle part. Je me souviens des seuls mots qu'elle m'avait dit du fond de son lit : « Mais pourquoi fais-tu ça ? Tu vas te brûler les ailes. » Je me demandais alors pour quelles raisons les siennes étaient couchées entre ses draps.

La représentation du drame romantique d'*Hernani*, nous l'avions finalement vue ensemble avec F.

« 13/12/95.

"Je ne cherche pas, je trouve. – Le génie, quoi !" (Picasso.)

"Tu ne me chercherais pas si tu ne m'avais trouvé." Autre génie ! (Pascal, parlant de Dieu.)

"Moi, mon génie dût-il en souffrir, j'avais cherché et n'avais pas trouvé. Échec révélateur." (*Scène de la vie conjugale…*)

Et CLAC ! (Bruit doux de la ceinture de sécurité un quart d'heure après), au retour de notre expédition *hernanique*, j'ai retrouvé.

Ta compagnie simple et drôle était bonne. Tu étais très belle. Je patauge un peu entre Caroline au collège et une Caroline tellement plus grande, j'aime être avec toi. Merci le théâtre.

Tendresse

F. »

Je devais lui paraître bien jeune au collège. Distante aussi. J'avais les amies de mon âge, lui partait en salle des profs aux heures de récréation. Quand il m'apercevait à discuter et à rire assise sur le dossier d'un des bancs de la cour, se sentait-il un vieil homme ? Le désir partagé donne à la jeune fille un autre visage. *Je suis femme*, dit la petite Concha dans le livre de Pierre Louÿs, en frappant ses seins naissants. Sans doute voulais-je qu'il me regardât ainsi. Ce soir-là, j'étais aussi préoccupée, je revenais d'une classe de neige sans lui, qui avait mal tourné.

Satyre

Le téléphone sonne. F. met du temps à répondre. Au bout du fil, son épouse. Elle le trouve ailleurs. *Ça va ? Oui, oui.* Elle donne des nouvelles de son séjour chez leur fille, lui rappelle qu'il doit venir la chercher au train demain. *Tu n'as pas oublié ? Non, bien sûr. Tu es occupé. Je suis dans mon courrier. Ah d'accord, je te laisse. Oui, à demain… moi aussi.*

Comme il y a vingt-cinq ans, il retourne à son élève.

> « 14/12/95. 16 h 45.
>
> Félicitations – Tableau d'honneur – Maturité – Carton tapé… Ras le bol. Infantilisme. À pleurer.
>
> Instants précieux, où êtes-vous ?
>
> Parfois on voudrait que le temps passe plus vite, ailleurs et autrement.
>
> Ce soir, cassette (France 2) *Le Souper.*

Mes deux films :
Vania, 42e Rue, Louis Malle
Au beau milieu de l'hiver, Keneh Branagh

“Il y a certaines choses que l'on n'a pas besoin de dire pour les faire entendre.” J'aime ta phrase et ce qu'elle cache. Qu'entends-je ? J'ouïs. Mais qu'ouïs-je ?

Ce soir, pas trop de déception, de colère, de révolte pour ton cas ou celui des autres. Tout cela n'est pas si grave.

La neige tombe, insoucieuse, derrière les barreaux de la fenêtre.

Sourire

F. »

Il se souvient que je lui en avais voulu en recevant sa lettre. Il n'avait pas su m'entendre, pas voulu peut-être. Comment l'aurait-il pu ? Je revenais de sports d'hiver où j'étais partie avec ma classe et quelques enseignants en plus du directeur du collège. F. n'était pas du voyage. Lors de la soirée de clôture, une sorte de boum avait été organisée. Ironie du mot. Mon professeur d'histoire, un barbu longiligne aux yeux pochés et puant l'alcool, avait insisté pour danser avec moi sur une chanson vulgaire. *Vas-y Franckye* était son titre. Il m'avait glissé de son haleine fétide des sous-entendus ignobles, des invitations salaces sous les yeux du directeur. Aucun adulte n'avait eu le courage de broncher ni de s'interposer. À mon retour, j'en avais parlé à F. Cette lettre qu'il m'avait adressée m'avait déçue.

« Tout cela n'est pas si grave. »

Pouvait-il imaginer que vingt-cinq ans plus tard, la chanson resterait pour moi inaudible, provoquant le même dégoût qu'hier? C'est bien que le satyre en était un. Et c'est à cela qu'on distingue une perversion d'un amour. La première nous ôte nos forces quand la seconde nous en donne à profusion. Certes, la différence entre les deux hommes n'était pas grande. Même âge, même profession, même désir pour la même élève. Mais la différence entre ce que j'éprouvais pour l'un et l'autre était immense. J'ai repoussé les assauts de l'historien et encouragé l'amour de F.

Narcisse

Je ne peux pas aller chercher mes filles à l'école. Il me faut terminer ma lecture. Je demande à une maman d'élève de bien vouloir les garder chez elle jusqu'à l'heure du dîner. *Une urgence*. Je dois ajouter *au travail* pour éviter qu'on me demande de dérouler la bobine.

Je tire une photocopie ; son contenu avait donc plusieurs destinataires.

> « Vendredi 22/12/95.
>
> À toi,
>
> Ce petit lexique – mon modeste cadeau de Noël – à lire pendant les vacances. Contrôle à la rentrée !
>
> Les deux vidéos *Comédie d'un jour* sont retrouvées. Je visionne et fais passer à la rentrée.
>
> Le problème du groupe 94-95 est réglé pour nous. Gentillesse, prudence avec les susceptibilités mais clarté sans trop d'états d'âme.

Répét retenu vendredi 18 h (avec possibilité samedi 14h30 si impossible vendredi, et si Pauline n'a pas de match).

1re répet. vendredi 5, 18 h (sans Pauline... larme œil droit).

2e répet. vendredi 12, 18 h (sans Caroline... larme œil gauche).

D'ici là on peut déjà travailler mentalement, et même physiquement (tenue de base, respiration ventrale, projection de la voix, articulation, diction, geste large, etc.).

Lieu À repréciser au téléphone d'ici le 4.

— À chercher pour après (Audrey, Caroline, moi).

Pièce On propose et on choisit vendredi 5.

— Je réfléchis et cherche fort d'ici là. Je redoute le trop psy, le trop réaliste, le trop direct, le trop américain.

— Je voudrais beaucoup de jeu, une langue forte (mais qui fasse place à la complexité, au non-dit, au détour). Un auteur riche mais qui laisse beaucoup de liberté. Marivaux, quoi !

D'ici fin janvier, faites au mieux avec vos familles. Quand on sera organisé : contrat clair avec elles.

Pour tout cela, vous pouvez appeler chez moi à partir de dimanche 31. Je suis très heureux de retravailler avec vous. Un nouveau groupe est à réinventer et c'est bien. Tout est à créer et c'est bon signe.

Très bonnes vacances ! Noël de Joie ! À très bientôt.

Joyeuses fêtes (peut-être) ! »

À l'encre apparente :

« Je t'embrasse

F.

Je ne fais que passer... à peine.

Les mots de la nuit sont lourds parfois pour dire combien le cœur et la pensée sont si légers dans le bonheur du jour. »

Il redoutait la coupure des vacances de Noël. Ses pensées étaient déjà tournées vers la rentrée et notre nouveau groupe de théâtre. J'étais partie faire du ski avec ma famille.

Que vivait-il chez lui ? Une existence uniforme, sans aspérité ? Cherchait-il auprès de moi à défier l'ennui, exciter l'inconnu, le défendu ? À créer les conditions d'un danger prometteur, d'une tentation capable de délivrer le quotidien de sa monotonie ?

Rien de tout cela n'était conscient. Rien dans son amour n'était délibéré.

Il avait sans doute peur que son désir grandissant pèse sur moi, peur d'apparaître insistant. Lors de notre dernière entrevue avant les vacances, *je n'y étais pas* pour ainsi dire. Je l'avais trouvé fuyant et narcissique. Son désir était présent, pas son amour. Il semblait ne tenir aucun compte de ce que j'avais vécu aux sports d'hiver avec ce satyre. N'en parlait plus ou coupait court quand j'abordais le sujet. Peut-être lui était-il trop violent. Le déni a toujours ses coulisses.

Je me souviens que je m'étais sentie seule. Noël allait être long.

Tendresse

Au dos d'une immense carte postale représentant un clocher dans la brume et une montagne enneigée au soleil, F. retrouve ses propres mots :

« Mardi 26/12/95.

Caroline carissima,

Désolé, je n'ai pas trouvé plus grand ! Un brouillard épais, des sapins noirs comme ici depuis trois jours (ni neige, ni soleil, la pluie incessante). Un clocher et un rayon de soleil plus haut suffisent pour rappeler pourtant que tout est espérance.

Que sont tes vacances ? Pour moi du repos, des lectures, mes enfants, nos familles, dans un joli village de Lozère. C'est bon et paisible. Ce temps arrêté permet de mieux sentir l'absence, mais surtout l'évidence et l'essentiel, qui sont ailleurs.

Le livre que tu m'as offert m'y ramène à chaque instant. Relecture étrangement différente de la première.

La tendresse ne naît pas de l'impossible, elle engendre seulement le possible.

La tendresse toujours enthousiasme.

La tendresse toujours emplie de libertés possibles et de possibles à libérer.

Il m'arrive de sentir dans une relation amoureuse où circule beaucoup de tendresse que c'est la peau qui caresse la main.

Il m'arrive d'entendre et de vivre la tendresse dans les endroits les plus incroyables, dans les situations les plus inattendues de la vie.

Un toucher qui ne prend rien, n'exige rien, ouvre la confiance à l'agrandissement de soi.

Ce n'est pas l'amour ou la force des sentiments qui maintiennent ensemble dans la durée deux êtres, c'est la qualité de la communication qu'ils peuvent établir ensemble.

Caroline, j'ai la certitude lumineuse d'une relation entre nous franche, exigeante, riche, confiante (fidèle, c'est le même mot en latin). J'aurais deux souhaits :

— que les différences d'âge ou de fonction scolaire s'effacent davantage. La distance du " Monsieur-vous " est-elle indispensable !

— que tu ne doutes pas une seconde qu'une telle relation privilégiée peut durer au-delà de cette année scolaire, si nous le voulons.

Tes projets de spectacle (29-31) tiennent-ils ?

Je rentre le 30. Si nous nous revoyons seulement au collège, ce sera, bien sûr, avec le sourire et de manière simple et naturelle. Ce jour-là, et tous les autres.

Tu me diras si Bruno se produit bien le 5 au billard. Je pourrais enchaîner avec la répétition de théâtre.

Caroline, sois forte et heureuse. Je pense à toi. Vive tendresse.

F. »

Les heures régulières de mes vacances, les repas mitonnés, la douceur des miens me berçaient, se dit-il. Mais une môme peuplait mon secret d'alcôve.

Il se souvient que c'était moi, du haut de mes quatorze ans, qui lui avais offert le livre *Apprivoiser la tendresse*. J'attendais de lui de la douceur, de la bienveillance, de l'amour ; à croire que j'en manquais chez moi où la violence régnait. Les cris et les silences lourds de chagrin de ma mère habitaient mon quotidien. Son souffle aussi. Le visage verrouillé, elle poussait souvent des soupirs. Par lassitude, agacement, insatisfaction chronique. Elle soufflait à défaut de rire, chanter, jouir.

De manière assez systématique, je terminais mes lettres par le mot tendresse, se dit-il à lui-même. D'une part pour la rassurer, elle et ceux qui tomberaient sur notre correspondance, et pour me défendre des caresses qui auraient dû conclure mes mots et parcourir son corps.

Il se souvient aussi combien mon absence avait

pesé sous cette pluie battante et qu'il espérait me revoir après ma troisième, poursuivre notre relation privilégiée, élue, pensait-il. Ne cultivions-nous pas toutes les nuances de l'amour ? Elle m'initiait autant que moi. C'était beau, inconnu et fragile.

Une part de lui perdait pied. Il se lançait des défis, se faisait des promesses absurdes comme de m'oublier durant cette coupure d'hiver mais c'était sans compter sur l'irrépressible du souvenir.

La distance et l'absence sont le lit de la sublimation. Les lettres de F., sa trace sur mes draps.

À se relire aujourd'hui, il mesure combien il a aimé l'état amoureux mais manqué son objet. Cette lettre est longue, excessive, peut-être autant que mes mots dans la voiture, se dit-il, mais elle, qu'éprouvait-elle ? Ses émotions, n'avaient-elles pas été mises à sac par un malotru durant cette classe de neige ? Comment pouvais-je ne rien en dire ?

Il repense au terrible et malheureux Humbert Humbert de Nabokov qui n'avait pas vu venir Clare Quilty, le dramaturge érotomane, l'adulte sinistre, le pédophile pervers avec qui sa Lolita s'enfuit dans une voiture de luxe. Humbert Humbert était émouvant parce que désespérément sincère dans son amour et conscient des redoutables dérives de ses actes interlopes. Clare Quilty apparaissait tout autre. La prédation faisait partie de son terrain de jeu. Il attira Lolita par un mensonge : il lui fit miroiter une audition à Hollywood pour un petit rôle dans un film adapté d'une de ses pièces ou pour doubler une starlette.

Mais il la maintint sous verrous et la jeta dans la fosse de ses esclaves sexuels qu'il faisait tourner dans des films pornographiques. Il abusa de la candeur de Lolita pour en faire un commerce. Elle l'aimait plus que tout ce qu'elle avait *vu ou imaginé sur terre*, lui s'intéressait à elle de la même manière qu'il était féru de tir au pigeon. Il la flanqua dehors lorsqu'elle refusa de faire une fellation à un de ses *ignobles garçons*.

Je venais de rencontrer un type de son espèce au vice stérile et égoïste, qui m'avait traquée. F. ne voulait rien en savoir sans doute à cause de sa culpabilité.

Don

Un Post-it jaune accompagne une lettre plus formelle. Je me souviens que je cherchais un stage dans un théâtre pour la fin de l'année scolaire. F. me soutenait dans mes démarches.

« Si la réponse était négative je pourrais voir
— Odéon (fortes chances)
— Théâtre du Soleil
— Maison des Arts de Créteil
— Comédie-Française
Si tu le souhaites…
(Et sans m'excuser de t'aider, pour une fois !)

Mardi 9/1/96.

Professeur de lettres classiques de Caroline en 4e et 3e, j'ai l'heureuse occasion de noter sur la fiche jointe ses rares qualités scolaires et humaines, son engagement déjà affirmé et talentueux dans les disciplines artistiques (elle pratique la musique, la danse, le théâtre).

Metteur en scène moi-même, je juge sur pièce(s) sa personnalité et son développement au sein de mes Ateliers.

Je me permets donc d'insister particulièrement sur la candidature de cette élève rare.

Connaître une entreprise culturelle comme la vôtre pendant une semaine de l'intérieur – si cela vous est possible – serait pour elle une source précieuse d'enseignement et de bonheur.

F. »

Rare, affirmée, engagée, talentueuse, qui d'autre me voyait ainsi ?

En choisissant un homme mûr, l'adolescente cherche à s'éprouver dans un autre regard.

Aujourd'hui encore, ses mots me touchent. Comme d'imaginer F. se démener pour me décrocher un stage, jouer de ses *relations*. Je n'étais pas fascinée par son *pouvoir* d'aîné mais par ce qu'il lui permettait de témoigner d'amour et de foi en moi. Il faut parfois laisser faire celui qui veut notre bien dans un domaine qu'il maîtrise. L'amour peut provoquer un tel bouleversement intérieur que les dons prodigués sont aussi des rives pour soi-même.

Fausse ingénue

Il peine à déchiffrer ses propres mots. Dehors, le jour a baissé. Il allume le lustre de la cuisine, il ne l'aime pas beaucoup à cause de sa lumière blafarde. Il tire du paquet la photocopie d'un programme de spectacle. *Dans la solitude des champs de coton* de Koltès, mis en scène et joué par Patrice Chéreau, avec Pascal Greggory. Il se souvient que nous avions assisté à la pièce à la Manufacture des Œillets à Ivry-sur-Seine pour la dernière, le 14 janvier 1996. C'était assez loin de chez lui. Le lieu insolite, une sorte de friche industrielle, n'avait jamais servi pour le théâtre. Les spectateurs installés sur deux estrades se faisaient face. Patrice Chéreau et Pascal Greggory évoluaient dans la pénombre entre de hauts murs en parpaings et des piliers métalliques. Le plateau était nu, le texte rêche, dépouillé d'artifices. Cet espace urbain, désert, qui ressemblait aux docks de Brooklyn paraissait propice aux rapports sauvages, au désir dangereux et à la sensualité glacée que le texte exprimait.

F. avait pris l'habitude de me photocopier les programmes des spectacles vus ensemble. À l'intérieur de celui-ci, il remarque ce qu'il avait souligné pour moi :

« Il y a ce qu'on ne peut pas dire et ce qu'on ne veut pas faire, car il ne faut jamais faire cadeau de sa faiblesse à l'autre, il y a une attente folle et tenace, la découverte qu'on est pauvre, pauvre de désirs, il y a toutes les blessures qu'on peut faire au désir de l'autre et la souffrance qu'on découvre et qu'on refuse en même temps. »

« La souffrance de découvrir qu'on a tant besoin de ce rapport à deux où on s'enlise. »

« Il faut s'avancer masqué dans le désert des sentiments. »

« Je ne voudrai jamais de cette familiarité que vous tâchez en cachette d'instaurer entre nous. »

« Comment s'étaient-ils rencontrés ? Par hasard, comme tout le monde. Comment s'appelaient-ils ? Que vous importe ? D'où venaient-ils ? Du lieu le plus prochain. Où allaient-ils ? Est-ce que l'on sait où l'on va ? »

Il se demande ce que j'ai pu penser de ces lignes à l'époque. Ai-je entendu les échos de son amour ? Pris la mesure de sa souffrance ?

Un homme est tourmenté par une femme mais torturé par une jeune fille. Et celle-ci a besoin du regard d'un homme pour gagner en éclat, déployer son féminin. Elle n'a pas toutes les ressources pour l'empathie ni pour rejoindre l'autre dans son histoire. Jusqu'où en ai-je été capable ?

Sous ma peau, il voyait poindre la femme à qui il savait s'adresser, mais une grande part de moi lui restait hors d'atteinte. *Je ne voyais pas plus clair dans cette petite âme que dans les yeux impénétrables d'un chat*, exprime Mateo à propos de Concha dans *La Femme et le pantin*.

F. ne parvenait pas non plus à se libérer de son désir qui tourbillonnait en lui et se fracassait contre l'impossible : l'interdit de ma jeunesse et l'imprenable de ma vie qui s'ouvrait devant moi.

Dans cette page, quelque chose échappe à F.

Le conseiller à la mise en scène du spectacle *Dans la solitude des champs de coton*, Claude Stratz, sera mon directeur de jury au Conservatoire national supérieur d'art dramatique de Paris quelques années plus tard. « Vous dégagez beaucoup de bonté », me dira-t-il comme un reproche, avant de me conseiller plutôt d'apprendre à jouer des rôles de méchante.

Il ignorait alors la partition de fausse ingénue que j'avais jouée auprès de F.

Le théâtre nommé désir

J'ai mis le théâtre en plein cœur de ma vie entre mes dix-neuf et mes vingt et un ans. Je vivais dans une ancienne chambre de bonne louée par mes parents. Ce studio de dix mètres carrés se trouvait sous les toits d'un immeuble à quelques pas de la place de la Madeleine. Il était infesté de souris. La nuit, je les entendais gratter et courir de long en large. J'ai rapidement compris que la voisine les nourrissait.

En dehors des heures nocturnes, j'étais peu chez moi. Je passais mes journées et mes soirées à l'école d'art dramatique Jean-Louis Martin-Barbaz à Asnières, au bout de la ligne 13. Quand je ne participais pas à un cours de diction, d'alexandrins, de chant, de masques de la commedia dell'arte, d'escrime ou d'interprétation, je répétais avec mes camarades dans le théâtre, le hall ou les couloirs de l'école. L'équipage que nous formions montait à l'abordage dans l'écho des salles vides. Nous prenions d'assaut l'espace comme un flot de pirates accosterait un eldorado. Nous faisions corps avec ce lieu. Chaque recoin était un morceau de notre « palais des merveilles ».

Nous étions préoccupés par un rôle, une scène. Moi, c'était tour à tour par Carole, la veuve du Rouquin, l'amoureuse allongée sur une tombe dans *Sallinger* de Koltès ; Bérénice à l'amour sacrifié par la raison d'État ; Charlotta tourmentée par ses exils dans *La Cerisaie* de Tchekhov, que j'interprétais juchée sur un trapèze suspendu à plusieurs mètres au-dessus du sol.

Avec mes partenaires de jeu, nous tentions mille choses en scène. Nous étions à la fois des sorciers et des plongeurs. Nous descendions au fond de nos personnages pour en remonter les passions et les silences, que nous brossions, que nous taillions à main nue. Nous gravissions l'Himalaya – car Racine, Sophocle, Euripide, Shakespeare représentaient des sommets. Nous abordions la tragédie en tâchant de ne pas succomber à l'apesanteur. Il fallait savoir danser avant de tuer, étreindre avant de mourir.

Nous étions des quêteurs opiniâtres, des expérimentateurs infatigables, des acharnés de travail. Dans notre caverne aux trésors, nous manifestions une discipline de fer et une soif d'apprendre, d'explorer, de remonter le cours du temps. Sous le regard des dieux que l'on s'était choisis – Vilar, Jouvet, Stanislavski, Copeau, Mnouchkine – nous étions en perpétuel apprentissage. Rien en nous n'était « bétonné », nous étions fiévreux et ébranlables.

Je gardais avec moi le livre de Vilar, *Du tableau de*

service au théâtre, que F. m'avait offert en juin 1995. « Pour Caroline, Toute la vie du théâtre est là (même les *e* muets, page 16 !). Formidable leçon de pureté théâtrale – exigence et générosité, dureté et tendresse. Toute la vie, quoi. F. »

Répéter sur un plateau de théâtre, c'était la promesse de vibrer, d'être touchée physiquement, caressée, violentée parfois. La certitude de trébucher et de recommencer dix, vingt, trente fois la même scène, le même déplacement. C'était chercher des heures, des jours, des soirs durant l'ampleur d'un phrasé, la musicalité d'un geste, l'émotion vraie jusqu'à l'épuisement. Il fallait chaque jour remettre son ouvrage sur le métier.

Répéter, c'était l'assurance d'être serrée longuement dans les bras avant de partir au feu. C'était s'abandonner à la versatilité des états et ne cesser d'être au présent. C'était approcher des zones les plus repliées en soi et les déplier peu à peu sous le regard d'un autre à qui accorder sa confiance. C'était passer par mille couleurs, être surprise, désarmée par son partenaire et les effets d'une écoute mutuelle. C'était prendre la forme d'un autre et donner corps à ses propres fantasmes, à ses horreurs, à ses lâchetés, à ses désirs. Chacun, à travers ses rôles, racontait les bouts de son histoire. Jouer signifiait aussi se mettre à la place de l'autre, de tous les autres : reine, servante, traîtresse, vierge, petite fille, dévote, tortionnaire, vieillarde... Muscler inlassablement son imaginaire, s'élargir de l'intérieur pour les faire advenir et qu'en soi, ils trouvent un terrain où s'approfondir, une pâte humaine où surgir.

Quand nous n'étions pas à donner la réplique à un roi, à enfiler une robe empoisonnée, à mimer une tempête ou à jouer aux acrobates sur un champ de bataille, nous nous transformions en veilleurs de nuit. Nous dansions dans les réduits des uns et des autres. Certains soirs, flottants, nous nous agglutinions autour d'un piano, chantions à tue-tête, un verre de rouge à la main. Certains élèves-comédiens jouaient admirablement bien du violon, de l'accordéon et du piano. Le collectif débordait de la scène et de l'école. L'heure était souvent à la fête. Et la séduction circulait dans toutes les veines du jour et de la nuit. En scène comme en coulisses.

J'avais au même endroit, sur un même navire, mes amis et mes amours. Les jeunes gens qui savent manier l'épée, conduire une danse, tailler la pierre de leurs émotions prennent autant de soin à faire l'amour.

Ce furent des années brûlantes et solaires.

Dans le lieu unique de cette école, cette zone libre où tout pouvait se produire, mes compagnons et moi traversions des océans, affrontions des bêtes féroces, courions à travers des brasiers, découvrions des continents sombres et des îles insoupçonnées. Nous bâtissions un univers enchanté loin du cynisme et des ricanements du monde. Le théâtre était notre idéal, notre odyssée, notre royaume de beauté mais aussi notre garde-fou, notre antidote contre l'agitation, l'avarice et la sécheresse qui régnaient au-dehors. C'était notre enclave aux légendes intactes où le monde pouvait être transformé, la vie célébrée. Un lieu hors tout, imaginaire et radical, comme une terre antérieure, une Arcadie. Mais nous avions aussi le désir de rendre compte du présent, de ses épopées et de son tragique, les prendre à bras-le-corps, les faire comprendre, sentir. Le théâtre contemporain mais aussi celui de Shakespeare nous y aidaient. Au naturalisme et au psychologique, nous préférions le poétique. À l'inesthétique, au désabusé et au dériritualisé de la société, nous opposions le sacré, la fantaisie et les métaphores du théâtre.

Nous étions attentifs à préserver l'enfance en nous, sa poésie, sa naïveté afin de ne jamais tricher et de renaître, autant que possible, à chaque scène, à chaque réplique, à chaque regard.

En m'immergeant dans le théâtre, je ne voyageais pas pour le plaisir comme l'écrit Samuel Becket mais « pour vérifier quelque chose, un rêve... ».

Pacte

Le théâtre que F. avait fait entrer dans ma vie ne me quitterait plus.

Je continuais de suivre avec admiration l'œuvre de Patrice Chéreau. Plus que nul autre metteur en scène, du fait du lien intime que j'établissais avec F., il me mit au travail. Tout en lui me bouleversait jusqu'à ses mains noueuses qui ressemblaient à celles d'un sculpteur ou à l'écorce d'un chêne. L'énergie farouche qu'il exprimait à travers ses créations avait l'art de m'émouvoir. Il signa ses premières mises en scène à vingt ans jusqu'à *Elektra* qu'il dirigea au moment où la mort l'étranglait. Je me rendis à Milan pour assister à son ultime spectacle. Créer prenait le pas sur tout dans sa vie, le justifiait. L'audace et le doute le colonisaient en permanence. Mais la certitude d'avoir *à faire* et le désir furieux de sculpter, d'étreindre par l'art un je-ne-sais-quoi de plus grand que lui, l'emportaient sur le reste.

Des années plus tard, je rencontrai par l'entremise

du grand typographe Philippe Apeloig le scénographe de Patrice Chéreau : Richard Peduzzi. J'avais lu son livre, *Là-bas c'est dehors*, une ode au temps béni de fraternité artistique entre les deux créateurs. Dans son atelier, il me fit découvrir les maquettes de ses scénographies et les photographies des spectacles que j'avais vus avec F. Mes souvenirs s'entrelacèrent avec son récit sur la naissance de sa vocation de scénographe au Havre, sa plongée dans le jazz pour *puiser les paysages* qu'il cherchait, sa rencontre déterminante avec Patrice Chéreau, leur regard constamment *à l'affût* et leur recherche insatiable dessinant deux âmes inséparables.

Notre rencontre fut pour moi aussi intense à vivre que leurs spectacles, sans doute parce que je la liais à l'émotion partagée avec F. Il me semblait que ces deux-là *m'obligeaient*, en un sens, qu'à leur contact je devais chercher ma propre *voix*. À l'adolescence, ils avaient lézardé mes murs d'un trait d'or. Les garder en soi, recroquevillés, et n'en parler qu'à sa page blanche, me disais-je alors en moi-même.

Au fond, au contact des œuvres de ces hommes de théâtre, j'ai compris à quel point l'esprit de compromission était le piège tendu à ce qu'il y a en nous de plus singulier.

Du théâtre, des opéras de Patrice Chéreau, des décors de Richard Peduzzi, et des tragédies grecques enseignées par F., je garderai une passion pour le fracas des éléments et les océans déchaînés. Les courants qui soulèvent les eaux me sembleront toujours pareils aux terres qui grondent en nous. Continuant de lier la création et le désir, je me dirai souvent que la mer sait étreindre une femme comme le ferait un homme.

Caresse

Je sens la fraîcheur du soir sur mes jambes. Une caresse qui remonte le long de mes chevilles et fait frissonner mes cuisses. J'attrape un carré de papier coloré, F. avait la manie des Post-it. Elle n'était pas sans lien avec sa difficulté à me laisser partir quand il en était l'heure. N'avions-nous pas encore à nous dire et à vivre ? Au dos de celui-ci, F. écrivit :

> « J'étais nerveux, inquiet, fermé.
>
> Tu as eu un simple et merveilleux geste de tendresse. Je garde pour la vie.
>
> Pur et doux. »

La scène me revient. Nous assistions au spectacle de Patrice Chéreau, *Dans la solitude des champs de coton*. J'étais assise à sa gauche. Je portais un pull jaune poussin en angora. Sur la droite de F., son fils d'une vingtaine d'années. Peut-être à cause de ce mélange des genres et des messes basses au collège, quelque chose en lui était absent ce soir-là. Pour le sortir de sa cage, la femme en moi – celle en train d'advenir – glissa pour la première fois sa main sous le bras de F. qu'il serra fort contre lui.

Ce fut notre unique caresse avec celle en voiture. Il y en aura eu deux. À parts égales de lui et de moi.

Je me souviens combien les mots de Koltès avaient soutenu mon geste. Ils parlaient de mon désir. J'ai retrouvé dans ma bibliothèque l'exemplaire de la pièce dont je remarque les passages soulignés.

> « Ne me refusez pas de me dire l'objet, je vous en prie, de votre fièvre, de votre regard sur moi. »

> « Mon désir, s'il en est un, si je vous l'exprimais, brûlerait votre visage, vous ferait retirer les mains avec un cri, et vous vous enfuiriez dans l'obscurité comme un chien qui court si vite qu'on n'en aperçoit pas la queue. »

J'éprouve encore la tension qui circulait entre les acteurs, j'entends les mots âpres et doux dans leur bouche, je ressens la caresse de F. et toutes les vibrations de l'instant.

Silence

« Lundi 15/1/96. 18h30. Voiture.

Caroline, douce et tendre disciple

J'ai trouvé à 18 h dans mon casier la lettre des sports d'hiver, pleine de belle neige, de rires, de chutes. J'ai ri. J'imaginais. Je m'y voyais. Ce journal quotidien valait d'attendre... Merci mille fois des anecdotes et des pensées.

Remercie Laura, Tamara, Tatiana, Nicolas, Cédric et David.

J'ai apprécié le dessin de la carte postale (allusion?) et texte...

J'ai prêté l'oreille et ai été mêlé à ce qui aurait dû me rester inconnu et étranger. Une fois de plus, je me suis mal exprimé avec vous, qui n'étiez pas en cause du tout. Ce n'était qu'un appel au calme et à l'oubli. Seuls comptent vos souvenirs, votre joie, vos plaisirs qui sont tellement plus beaux que ces tempêtes dans des verres de...? Et ces bavouillis de crapauds.

Un tout petit reproche : parlant de cela à M. [surveillante au collège], cela devait arriver à T. [conseiller d'éducation]. Cela ne devait pas arriver forcément à O. [directeur]. Cela ne devait en aucune façon m'arriver. Je ne veux pas être de ces adultes-là. *Parlo majora canamus* (chantons plus haut).

Ce n'est pas grave, Caroline. Ne garde que le meilleur. Oublie vite. Ne te sens responsable de rien, "salie" par rien. Je ne le supporterai pas, pas plus que notre relation un peu privilégiée soit abîmée.

Tu n'as rien dit, rien entendu aujourd'hui. Je n'ai rien entendu.

Demain est un autre jour.

"Le jour n'est pas plus pur que le fond de mon cœur" (Racine).

Odania munda mundis (tout est pur aux purs).

J'étais stressé, c'est vrai, hier. Et pourtant tellement heureux de ce nouveau partage de vérité théâtrale, de nudité forte des mots. Merci de ton écoute, de ton "bras". Le souvenir rayonnant de ta semaine, ta force tendre m'ont apaisé.

Comme j'ai très envie d'apaiser en toi, dès ce soir, les ravages de la médisance, de la bêtise, de la saleté. Seuls comptent tes ami(e)s, l'immense confiance que je te fais, mon affection pour toi. La confiance et l'affection de ceux qui t'aiment.

Caroline, méprise ceux qui méprisent, qui ont perdu la pureté des enfants. Aucune ombre n'est possible sur la vraie tendresse, celle que je te porte est sans ombre.

Dors en paix. Fais de doux rêves, ma petite Caroline.

F.

Un retour au collège de la sorte n'est pas très agréable. Oublie aussi parfois le collège (et ses profs). Vive la musique, la danse, le beau théâtre ! Vive ce qui est beau et pur. »

A-t-elle compris mes mots à l'époque ? se demande-t-il. Quelque chose en moi ne voulait pas entendre ce qui s'était passé lors de sa classe de neige. Je refusais d'être assimilé à ce professeur d'histoire dont je condamnais le comportement mais étrangement, sans pouvoir en parler ni écouter Caroline.

Jupiter fut saisit de passion lorsqu'il vit Juturne, une nymphe foudroyante de beauté. Lara (du verbe *laleô*, parler), la sœur de la nymphe, mit en garde Juturne contre le danger qu'il représentait, lui évitant les assauts du dieu. Furieux, Jupiter arracha la langue de Lara privée à jamais de parole. Dans ses *Fastes*, Ovide raconte la suite de l'histoire tragique de Lara, devenue Tacita Muta : après l'avoir réduite au silence, Jupiter la confia à Mercure pour qu'il la conduisît dans le royaume des morts. Une femme qu'il pourrait violer sans cri.

Une part de F. avait voulu que je me taise. Taise

l'obscénité de la scène des sports d'hiver car un fil aurait pu courir de la neige au théâtre, de l'histoire au latin. F. voulait que je garde au secret l'amour qu'il nourrissait pour moi. La parole était l'instrument du pouvoir et de la menace. Tout échappait à F., intérieurement il débordait, aussi voulait-il un droit réservé sur les mots, tenir ma langue comme un chien en laisse.

Mais il se trompait car je n'étais pas une bavarde coupable. Et la parole n'était pas réservée aux hommes.

F. s'en veut aujourd'hui.

Le professeur d'histoire en question lui semblait un parfait étranger. Tant que cela ? se demande-t-il à présent. Il avait franchi ce qu'il se refusait, le seuil de l'indécence. Pourtant ils nourrissaient un même désir pour une jeune fille. Cette part sombre, F. la repoussait en lui aussi loin que possible.

Je me suis sentie abandonnée avec cette lettre alors que F. voulait m'aimer mieux que quiconque. Quelque chose en lui bataillait fort. N'avais-je pas compris avant lui ce qu'il voulait ignorer ? Cela expliquerait l'audace de mon geste si près de son fils, au théâtre. Mais alors, à quatorze ans, on saurait aimer, rejoindre l'autre dans ses angoisses par un geste d'amour ?

Baudelaire

Je lève mes yeux des lettres. Je me sens un peu étourdie par la remontée des souvenirs et des mots partagés avec F. Les rosiers de la cour ont donné leurs fleurs, les pieds de jasmin aussi, et de glycines. À cette saison, les feuilles reluisent et le vert emplit le paysage. Un vert croquant et juteux que je ne me lasse pas de regarder à travers la baie vitrée de mon bureau.

Je me souviens d'avoir été frappée par un cours de français à cette époque. Ma professeur, une Parisienne élégante aux grands yeux bleus et aux longueurs rousses, qui prenait chaque jour le RER, venait de placarder les affiches de la trilogie de Kieslowski sur les murs de la classe. Elle lut un résumé des films, encouragea les élèves à aller les voir puis déclara renoncer à la leçon de grammaire prévue. Nous aimions les libertés qu'elle prenait. Lectrice et cinéphile passionnée, elle était aussi une passeuse hors pair. Après avoir évoqué les références gréco-latines des poèmes *Les Fleurs du mal*, elle entama la lecture d'extraits des journaux intimes de Baudelaire, et notamment de *Mon cœur mis à nu.*

Au fil de sa lecture, je sentis que les mots couchés sur la page cherchaient à me parler, à me dire quelque chose de F.

> « Sentiment de *solitude*, dès mon enfance. Malgré la famille, – et au milieu des camarades, surtout, – sentiment de destinée éternellement solitaire.
>
> Cependant, goût très vif de la vie et du plaisir. »

La salle 13 occupée par F. se trouvait derrière la cloison. Grâce à ce livre, nous n'étions pas séparés. Il me livrait les secrets de son âme.

Juliette – c'était le prénom de ma professeur de français – nous invita à refermer nos cahiers et à écouter la tête entre nos bras. Elle traçait à la craie, sur le tableau noir, les numéros des « pensées » de Baudelaire tels qu'indiqués dans le journal qu'elle tenait d'une main.

> « Le goût du plaisir nous attache au présent. Le soin de notre salut nous suspend à l'avenir.
>
> Celui qui s'attache au plaisir, c'est-à-dire au présent, me fait l'effet d'un homme roulant sur une pente, et qui voulant se raccrocher aux arbustes, les arracherait et les emporterait dans sa chute.
>
> *Avant tout*, être *un grand homme* et *un saint* pour soi-même. »

F. souhaitait se reprendre et me fortifier intérieurement ; il désirait le moelleux de notre duo, aussi dangereux fût-il.

Dans un autre extrait, j'entendis (ou voulus entendre) le vœu de F. de nous inscrire dans la durée.

> « Étudier dans tous ses modes, dans les œuvres de la nature et dans les œuvres de l'homme, l'universelle et éternelle loi de la gradation, des *peu à peu*, du *petit à petit*, avec les forces progressivement croissantes, comme les intérêts composés, en matière de finances.
>
> Il en est de même dans *l'habileté artistique et littéraire*, il en est de même dans le trésor variable de la *volonté.* »

Mais l'avenir était trop loin pour moi, c'est à l'immédiat que je voulais goûter.

Vint le passage qui me glaça les sangs.

> « La jeune fille des éditeurs.
>
> La jeune fille des rédacteurs en chef.
>
> La jeune fille épouvantail, monstre, assassin de l'art.
>
> La jeune fille, ce qu'elle est en réalité.
>
> Une petite sotte et une petite salope ; la plus grande imbécillité unie à la plus grande dépravation.
>
> Il y a dans la jeune fille toute l'abjection du voyou et du collégien. »

Ces mots me firent brusquement pâlir. Le cœur me tapa aux tempes. Juliette s'en aperçut. Elle s'était laissé emporter par sa lecture. Elle tenta d'en atténuer les effets.

— Pardonnez le poète qui a dû traverser une vive douleur pour nourrir une telle rancune contre les jeunes filles. Sans doute la source n'est-elle pas à chercher du côté des charmantes nymphettes, mais de la presse et des professionnels de la culture qui inspiraient à Baudelaire un parfait mépris.

Le coup était porté, sans intention manifeste. Il me fit mal. Étais-je une de celles-là ? Mes affaires étaient déjà rangées dans mon sac quand la sonnerie de la fin du cours retentit.

Cobaye

Je m'emmêlais les pinceaux avec elle, se dit-il, lucide. C'était en partie de sa faute, en partie de la mienne, elle me faisait éprouver des choses fortes.

Il voyait aussi que notre relation m'apprenait à devenir une femme, m'aidait à me déployer. Ce que mes habits voilaient et dévoilaient de mon corps était le signe de mon habileté à l'attirer à moi. Mais au cours de la même soirée, je pouvais, dans sa voiture, détourner le regard. Cela annonçait que je me reprenais, me dérobais à un abandon plus grand. L'instant où j'avais découvert le flanc de mes cuisses quand j'avais pris place dans sa voiture, ne s'effaçait pas mais je ne consentais pas à un autre rapprochement. Son regard appuyé sur moi me brûlait assez. Ma conscience de petite fille à ses parents ou simplement ma peur de l'inconnu chassait la femme dont il ne restait qu'une ombre aux poings fermés claquant la portière derrière elle.

F. tâchait de régler son comportement sur mes

mues régulières, de se mettre au diapason quand je changeais d'octave. Ce n'était pas malice de ma part. Il était pour ainsi dire l'homme derrière moi quand je me regardais dans le miroir. Je lisais sur le visage de F. les effets de mes regards malicieux, je réglais ma séduction sur lui. Plus que mon repère, il était devenu mon cobaye.

Il n'a pas défailli devant moi mais mon petit jeu consistant à m'offrir comme le fruit défendu et à me refuser comme une biche effarouchée fut à la fois un délice et une douloureuse frustration. Les empreintes de mes regards, de mes lèvres, de mon corps s'incrustaient en lui. J'étais alors son *petit démon fatal* comme Humbert Humbert appelait sa Lolita. Il se sentait trop vulnérable pour prolonger notre intimité, en proie à la violence des sentiments et du désir qu'il ne pouvait dominer que dans la fuite, la provocation ou la sublimation. Il sentit très tôt que tenir la note avec moi passerait par l'art. Ce fut pour ainsi dire sa planche de salut et son don le plus généreux à mon égard.

Il faut voir une femme accoucher pour mesurer sa force de métamorphose, se dit-il à lui-même. La nature a choisi son camp.

La femme est un continent étranger qui a sa beauté et son effrayant. La jeune fille en est la province reculée, le lieu-dit, le secret au bout du chemin. Elle est l'innocence d'avant la faute dont elle est aussi la délicieuse promesse.

J'étais à la fois une petite fille et une femme, j'avais des posters d'actrices et de mannequins sur les murs de ma chambre et dans mon tiroir secret, les lettres d'un homme. Ma dualité le séduisait et le perdait.

Il s'attendrissait sur la fillette et fantasmait la femme qu'il suscitait. Il ne voulait pas précipiter les étapes même si ma supposée pureté l'attirait, ma virginité, ma gourmandise, mon corps interdit qu'il rêvait d'ouvrir. Il aimait l'enfant insaisissable, impudente et désirait que la femme, demain, vienne à lui librement.

Confondu

Le jardin est plus sombre. Les figues accrochées à l'arbre forment des grappes de boutons noirs. Elles sont pleines de soleil, tirent sur la branche, prêtes à éclater, à répandre leur rouge sang. Je rêve les yeux ouverts. Après un instant, je reprends ma lecture.

« Vendredi 19/1/96. 12 h.

Pour remplacer la fleur jaune et desséchée de juin. Confiance folle : celle-ci, c'est avant le spectacle.

Manches – rouge sur jaune – mais surtout bras forts et câlins d'un père effacent à jamais la dernière danse…

"L'amour est à réinventer" (Rimbaud).

Tendresse – encore plus.

F.

N'appelle pas ce soir ou ce week-end... Je serai peu présent. "Le silence éternel des espaces infinis m'effraie" (Pascal).

Si je peux, je passerai rapidement dimanche. Rien de sûr. Sinon à lundi ! ("C'est loin, dis, lundi ?") Paisible week-end à toi.

(Si ton papa voit O. [directeur], je souhaiterais qu'il ne prononce pas du tout mon nom. Question de rôles.) »

Je me souviens que ce mot m'avait hérissée. Il me fuyait. Et me mettait dans les bras de mon père. L'amoureux qui craignait pour lui-même ne pouvait rien pour moi. Sa manière de protéger ses intérêts, de ne surtout pas courir le risque d'être confondu avec ce professeur d'histoire, m'avait semblé indigne de ce que nous vivions.

Quand il voulait sauver les apparences, je le trouvais mufle et faisais en sorte qu'il le sentît.

N'était-ce pas sacrilège de lier dans une même phrase mon premier geste d'amour pour lui et mon père ?

Pourtant il y avait eu cette rose que F. avait déposée sur le seuil de ma porte. Pour remplacer celle qu'il m'avait offerte en juin dernier après la représentation de notre spectacle ? Non. Par amour. Et ce geste visible aux yeux de mes parents l'effrayait à l'instant même où il ne pouvait le réprimer. Le don que je lui avais fait en glissant mon bras sous le sien lors du spectacle l'avait bouleversé. Il en cherchait la réciprocité.

Je me souviens qu'il avait cru prendre ses précautions en demandant à mon père son autorisation pour m'offrir cette rose. Au téléphone, celui-ci avait répondu oui, sans réfléchir. *C'est une coutume au théâtre*, avait ajouté F. À travers ce geste, cherchait-il à mettre au jour son amour si éprouvant à vivre ? À être confondu ? En raccrochant, mon père se réveilla de sa léthargie. Il venait de prendre conscience du poids symbolique de cette rose. Il se moque de moi, dit-il tout haut avant d'entrer dans ma chambre. Je sens encore son parfum, *Eau sauvage*, et revois ses chaussures fraîchement cirées sur le seuil de ma porte.

Vous et les dieux

F. remarque plusieurs lettres échangées le même jour. La première est de moi.

« 19/1/96.

Comme tu le sais, mais pas assez encore, j'ai besoin d'une épaule pour me reposer, de bras pour m'accueillir.

Mercredi 17 janvier, j'ai supplié du regard pour qu'on me serre très fort, tendrement, simplement, sans un mot. Je ne voulais plus être seule.

Jeudi, je te parlais de manque et d'absent(e)s, il ne s'agissait pas que d'Esther [ma professeur de piano hospitalisée] mais de toi.

Chaque jour que Dieu fait, ton épaule devrait être sous ma joue. Jamais la vie ne nous l'accordera. Elle ne nous permet que des bribes de bonheur que l'on doit lui voler, en la remerciant de sa bonté. Je ne l'accepte plus.

“*Pleurons avec la voix des femmes malheureuses*
sur la jeunesse morte et sur l'amour qui fuit malgré
les bras tendus des tristes amoureuses.”
Renée Vivien.

Je vais te paraître détestable mais pour une simple caresse, un rare excès de tendresse, involontaire souvent, je me donne à un garçon assez indifférent. J'ai besoin de sentir qu'il est là pour moi, que parfois, aussi rarement que cela puisse être, il pense à moi et je compte pour lui. Il est lointain et absent. Il me touche négligemment et sans attention. J'ai honte de t'en parler. Ce n'est pas de l'amour malgré ses *je t'aime* incrédules, mais, de ma part, le besoin d'être enlacée.

Il a mon corps mais seulement pour toi…

“*Voici des fruits, des fleurs, des feuilles et des branches*
Et puis voici mon cœur qui ne bat que pour vous
Ne le déchirez pas avec vos deux mains blanches
Et qu'à vos yeux si beaux l'humble présent soit doux.”
Verlaine.

“*Mon cœur si doux à prendre*
Entre tes mains,
Ouvre-le, ce n'est rien
Qu'un peu de cendre.”
Paul-Jean Toulet.

Un tendre merci pour ton si doux présent.

Caroline. »

F. n'a-t-il pas été mon premier chagrin d'amour ? J'en ai traversé toutes les couleurs. À me relire, F. est frappé par ma solitude, autant que par mes appels presque désespérés à l'amour ; ce besoin éperdu d'être prise dans les bras. J'avais soif d'être consolée et bercée. Comme la poète Sapphô, j'aurais pu lui murmurer : *Mon cœur pour s'épancher n'a que vous et les dieux.*

L'existence de mon prétendant le torturait mais je semblais le placer au second plan. Je ne m'en servais plus seulement pour attiser sa jalousie – même si l'évoquer de nouveau restait ambivalent. Sincère et cruelle malgré elle, pensait-il, elle voulait tout. Mais la chance était de son côté : elle avait la liberté de pouvoir s'exprimer jusqu'au bout quand cela m'était défendu.

Cabrée

Charly était un garçon longiligne aux yeux verts qui portait des cheveux bouclés jusqu'aux épaules. Fan du groupe américain de hard rock les Guns N'Roses, il collectionnait tout à son sujet, s'habillait de tee-shirt à son effigie et nouait un bandana autour de son front, marque de fabrique du chanteur Axl Rose. Nous nous étions rencontrés dans mon collège précédent, en cinquième. Il était tombé amoureux de moi, m'avait-il avoué, quand il m'avait vue de dos écrire au tableau, moulée dans mon jean Levi's. C'est dans ma chambre de petite fille que pour la première fois j'avais joui sous ses doigts. Étourdie, j'avais regardé le jouvenceau assis sur mon lit recouvert d'un drap aux pivoines orange. Avait-il remarqué mon émoi ? Je n'en suis pas sûre. Moi-même je m'étais sentie cueillie.

Quelle place avait eue F. à cet instant ? Je ne lui parlerai jamais de cette expérience intime mais, dans mes pensées, ne l'avais-je pas associé aux caresses de Charly ? N'avais-je pas imaginé qu'il assistait à la scène ? Impliqué son image dans mes voluptés ? Depuis, j'avais acquis la faculté de reproduire cette sensation : se donner sous le regard d'un absent plus présent que nul autre.

Ce que les êtres aimés vivent en dehors de nous ne retire rien de ce qui se partage et se vit dans l'intimité. Bien sûr, à l'époque, je ne pensais pas ainsi, j'étais sans doute jalouse de l'épouse de F. et de certaines de ses élèves plus vives que d'autres. Pourtant je sentais que je pouvais faire cohabiter ensemble mes deux histoires. F. m'emplissait de mondes et de désir, Charly accomplissait les gestes que F. s'interdisait encore.

Le ton commençait à monter entre mon mentor et moi. Je le perçois à travers ce mot sous ma plume.

> « 23/1/96.
> Est-ce que vous vous jouez de moi ? »

Je reprenais le vocabulaire de mon père qui se confondait avec celui du collège et de la société.

Mon père m'avait fait la leçon dans ma chambre. Il m'avait dit qu'il était possible que certaines de mes camarades d'école soient amoureuses de lui. Je n'y avais jamais songé. Il s'identifiait étrangement à F. En tant qu'adulte responsable, lui n'abuserait jamais de cette situation vis-à-vis d'une jeune fille en liberté. Je m'étais sentie comparée à une poule dans une basse-cour ou une chienne prise dans les phares.

Je l'avais laissé parler.

— Un homme de cinquante ans ne peut pas aimer une écolière de quatorze ans, avait-il asséné. Il en joue nécessairement, abuse de sa candeur, souille son innocence, il est la perversion incarnée.

Notre lien n'était pas de ceux-là. Il avait sa part d'ombre et de lumière, de complexité et d'ambivalence. F. et moi avions en commun le désir et la souffrance. Je n'avais pas eu les mots à l'époque pour répondre à la vision simpliste de mon père.

Pourquoi avais-je repris les siens dans ma lettre à F. ? Ceux des adultes au collège qui nous tachaient avec leurs grosses pattes et leur morale ? Je sens leur bave sur ce petit mot.

Je n'avais pourtant rien cédé à mon père, j'avais refusé de lui remettre ma correspondance avec F. Je n'avais rien avoué nous concernant. Il y avait en moi un refus catégorique de reconnaître le moindre tort dans cet amour. J'étais convaincue qu'aimer n'était pas faire le mal. Mon défi cabré fut vécu comme une insupportable provocation.

F. avait eu une imprudence de trop en m'offrant cette rose. J'avais su protéger nos lettres comme mon plus grand trésor.

Un jour viendra couleur d'orange

F. tire une carte postale illustrée d'un enfant portant un agneau dans les bras tandis que ses yeux sont plongés dans ceux d'Ariane Mnouchkine aux cheveux grisonnants.

Paides : les enfants. *Paidea* : l'éducation et la culture. Le grec disait les mondes que F. voulait faire vivre ensemble. L'amour en plus.

> « Cartoucherie, 27/1/96. 21 h.
> Viens revoir le *Tartuffe* !
> Il a formidablement gagné. Splendeur !
> F. »

Il se souvient combien il pensait à moi en sortant du spectacle, à moins que ce fût partout et tout le temps. La Cartoucherie incarnait le lieu de la beauté partagée. Comment pouvais-je ne pas lui écrire ? se dit-il. Mais très peu, bien sûr. Il vivait le pied sur le frein. Il avait si peur des lendemains. Mais son amour était irrépressible. Ma vie semblait avoir pris le pas sur la sienne.

M'écrire était risqué. Qu'avais-je bien pu dire de nous à mon père ? Le danger avait son délice. N'avait-il pas conduit F. à découvrir davantage son amour, à précipiter son châtiment, à s'éprouver enfin face au monde ? Continuer de m'écrire, c'était aussi pénétrer ma part suave, amoureuse, sans effraction. Je ne semblais pas haïr ses lettres.

F. prend une autre carte postale, non datée cette fois, représentant une scène de *La Nuit des rois* de Shakespeare par le Théâtre du Soleil, sur laquelle est écrit :

> « Pour Caroline
>
> Ne pense pas que je t'oublie (même salle 13).
>
> C'est un peu dur, ce n'est pas très simple, c'est tout.
>
> “ *Un jour pourtant un jour viendra couleur d'orange*
> *Un jour de palmes un jour de feuillages au front*
> *Un jour d'épaule nue où les gens s'aimeront*
> *Un jour comme un oiseau sur la plus haute branche.* ”
>
> Aragon. »

Quelque chose s'était refermée sur nous. Mon père s'était mis d'accord avec la direction du collège pour me *dispenser* des cours de latin et de grec. En somme, pour m'éloigner de F. Sur quoi reposait le chantage ? Mes parents s'opposaient à notre relation, accusaient F. de semer le désordre, de m'inciter au mensonge, de compromettre mon avenir. Il fallait à toute force m'éloigner des griffes d'un voleur d'enfant à l'influence maligne, aux pouvoirs d'envoûtement. Et me défendre de moi-même.

F. souffrait mais il espérait en demain. Y en aurait-il jamais un ?

En tenailles

Il semble que je n'ai pas voulu voir l'heure passer. Je demande à mon mari s'il veut bien faire un crochet pour aller chercher les filles chez une de leurs camarades. *Je n'ai pas su anticiper, pardon… Merci… À tout à l'heure.*

Je regarde les lettres sur ma table et mes mains pleines de secrets. Je prends un Post-it jaune daté de fin janvier 1996.

> « Manufacture des Œillets. Malheur !
>
> Vu pas tout à fait assez à distance (situation personnelle ce soir-là, échos trop directs du texte). Pur et dur. »

F. était retourné sur les lieux de notre caresse. Dans cette ancienne usine improvisée en théâtre, il avait revu *Dans la solitude des champs de coton.*

Il soulignait ces mots du personnage du dealer qui semblaient avoir été écrits pour lui.

« N'existe que le fait que vous m'avez regardé et que j'ai intercepté ce regard ou l'inverse, et que, partant, d'absolue qu'elle était, la ligne sur laquelle vous vous déplaciez est devenue relative et complexe, ni droite ni courbe, mais fatale... »

La réplique du client, celui qui porte son désir en bandoulière, devait le déchirer tout autant :

« Du seul poids de ce regard sur moi, la virginité qui est en moi se sent soudain violée, l'innocence coupable, et la ligne droite, censée me mener d'un point lumineux à un autre point lumineux, à cause de vous devient crochue et labyrinthe obscur dans l'obscur territoire où je me suis perdu. »

Était-ce un soulagement pour lui qu'il existât une langue pour exprimer les nuances de ce qu'il éprouvait ? La dureté de notre séparation forcée ?

« Mardi 30/1/96. 11 h.

Caroline,

Tu n'as pas rêvé...

"L'espoir est le rêve de l'homme éveillé" (Aristote).

En "homme éveillé" (ça m'arrive), je te redis :

— qu'après la classe de neige et le dérapage habile sur notre relation privilégiée, la situation est très sensible, très délicate pour tout le monde au collège ;

— que si c'est toi qui comptes, j'ai une responsabilité de prof, d'adulte, vis-à-vis de tes parents etc. Comprends-le ;

— que si des aveux, des confidences sont bons parce que francs, ils peuvent faire du mal.

Un gâchis généralisé serait une catastrophe.

Je t'en supplie : préserver l'essentiel (et je le connais, pour ma part, clairement) c'est aussi être prudent, être patient. Ici et maintenant. Avec tous.

Préserver l'essentiel est mon seul beau souci.

Je t'en supplie. Fais-moi confiance.

F. »

Il était mis en difficulté professionnellement. Mon père avait pris l'attache d'un avocat depuis l'épisode de la rose. Je n'avais pas la moindre expérience de ce qui lui arrivait. Je me sentais comme un grain de poussière pris dans une violente tempête. Mais aussi détentrice d'un pouvoir immense de destruction : « Tu n'as qu'un mot à dire et je lance la procédure », m'avait dit mon père. La bombe était prête et c'était à moi d'en allumer la mèche. Je n'ai pas bougé.

En renonçant au monstre froid de la justice, mon père a respecté ma décision.

Depuis une dizaine d'années, notre société traque comme une fouine toutes les formes de domination. Une obsession qui tourne à l'excès, au lynchage social et à la moralisation générale. On nous presse d'agir et de penser droit. La transgression et la différence de vues font l'objet de lourdes sanctions qui peuvent prendre la forme d'un brutal passage sous silence.

L'expérience douloureuse de F. au sein du collège, à la fin des années quatre-vingt-dix, en portait les signes annonciateurs. Le rouleau compresseur de la morale obtuse se mettait en branle. La machine ne s'en prenait pas à un être dévergondé prônant le déchaînement des plaisirs, un homme flottant sans but, désorienté dans les eaux de l'éducation qui en aurait nié les valeurs fondamentales. Au contraire, il s'attaquait sans hasard à un héritier de la pensée antique, voué au bien et à l'accomplissement humain de ses élèves.

F. respectait les règles collectives mais il les discutait. Rétif à la domestication, il n'obtempérait pas aveuglément. Il ne se conformait pas au dogme obligatoire. Il refusait le mimétisme collectif. Il exigeait une réflexion sur le contenu des valeurs promues, une discussion sur leur complexité, leur ambivalence, leur nuance. Il réprouvait les censeurs, les raseurs assommants, ceux qui cherchent à imposer ce qu'on doit dire, vivre et taire. Ce collège de banlieue parisienne a voulu le broyer. Son esprit préfigurait celui qui anime nos actuels tribunaux populaires dans l'espace public.

L'institution de l'école l'a puni. Et la rumeur. Il était lucide, on a fait de lui un détraqué. Il avait horreur du social, on l'a réduit à un caractériel. Il désirait une vie singulière, serait-elle incomprise par la doxa, on l'a pris pour un désaxé. Il était assoiffé de vérité et de justice, on l'a borné à un artificieux.

Il aimait, on l'a rangé comme suspect aux mœurs déréglées. Il refusait de faire amende honorable, on lui a prêté des horreurs.

La vérité n'est pas ce qui compte, l'innocence est coupable. Les corbeaux sont là pour la dépecer. Notre histoire dont nous étions de plus en plus dépossédés s'étalait dans les couloirs. Chacun en faisait des gorges chaudes et y allait de sa propre sanction. *Il faut en référer à la justice. Il mérite une sentence disciplinaire, un éloignement de son poste. Les enseignants sont tenus à une certaine réserve.*

Peu importait que ses qualités de professeur fissent l'unanimité. Il fallait que ce nageur à contre-courant coulât à pic.

À l'époque, je pensais que si je racontais notre amour, il se ternirait, se salirait au contact des autres. Exprimer notre histoire aurait été courir le risque d'assimiler F., ou moi-même, à un coupable, notre alliance, à un acte répréhensible. En livrant mon secret, j'aurais eu le sentiment de le jeter au fumier, auprès de ceux qui ne pourront jamais rien en comprendre. Il faut protéger les dessous de sa vie, défendre ses émerveillements. Aucune parole proférée ne saura les dire. Ce qui nous est adressé à nous seuls doit le rester, me disais-je alors.

Personne ne m'aidait pour de bon. J'aurais aimé que F. soit un géant, un dieu libre. La patience, l'esprit de compromission, la prudence n'étaient pas mon fort.

Lui était pris en tenailles entre son devoir et son désir qui teintait l'entre-ligne de sa lettre. Il avait peur d'être démasqué, peur d'une *catastrophe* qu'il cherchait pourtant si avidement. C'était à l'intérieur qu'il fallait éclater. En des éclairs intimes qu'il espérait.

Départ

La misère de ses cinquante ans l'étreint à nouveau. J'étais partie. Il lui était difficile de me quitter quand nous étions ensemble. Mais un jour, du haut de mes quatorze ans, j'en pris l'initiative. Elle fut irréversible.

Sans nouvelles, F. avait écrit à Tamara, ma meilleure amie de l'époque, une jeune fille peu scolaire mais belle et fière. Elle ressemblait comme deux gouttes d'eau à Ursula Andress.

> « Mercredi 1er mai 96.
>
> Tamara,
>
> Nous avons échangé quelques mots rapides et difficiles, un mardi matin, salle 13. Sans suite. J'y repense. Tu as raison sans doute : les mots n'ont plus guère d'importance, ils viennent trop tard. Nous ne nous connaissons pas vraiment, nous n'avons peut-être rien à nous dire. Ce qui nous est, malgré tout,

un peu commun nous est intime, douloureux, et n'appartient qu'à chacun de nous.

Je parle de Caroline, bien sûr.

Il y a une logique à tout. Après les fortes expériences de l'an passé (Italie, théâtre surtout), Caroline envisageait mal en début d'année d'être "simple élève de latin d'un simple prof de latin".

Comment ai-je pu écrire une chose pareille? se demande-t-il. Faire preuve d'autant de mauvaise foi? Elle voulait une place à part autant que je la désirais.

« Elle avait songé à changer de collège. C'est fait.

Lassé de me battre, en divergence profonde avec la quasi-totalité du collège, découragé parfois, jusqu'au-boutiste toujours (le trop-vide après le trop-plein), j'ai entrepris en septembre un "travail de deuil" sur l'ensemble de mes activités, de mes relations au collège. C'est fait.

Pour Caroline, c'est sans doute mieux ainsi, m'as-tu dit.

Pour moi, le silence et la solitude sont le prix à payer pour renaître autrement, ailleurs j'espère.

Caroline, comme d'autres, a raconté les sports d'hiver, a confirmé ensuite. J'ai d'abord pensé qu'il fallait calmer et nuancer. Mais il fallait mettre au jour la vérité des gestes et des mots, assumer jusqu'au bout (le "procès" restant, bien sûr, contradictoire et équitable). Sa famille a trouvé "inexcusable", "dégueulasse" ; elle ne souhaitait pas donner une suite trop lourde, et c'était bien. Elle a "pardonné", souri, salué, et c'était plus étrange.

Me concernant, j'ai compris et respecté le jugement "irrévocable". J'ai moins compris le refus de dialoguer, de pacifier la situation, de ne pas dramatiser. Je souhaitais préserver l'essentiel : les études, la vocation littéraire et théâtrale, le talent, la personnalité riche et forte de Caroline. Ma complicité et ma relation privilégiée avec Caroline étaient d'abord là.

Une brève entrevue avec son père et un aussi bref échange épistolaire me disaient que Caroline "était soulagée par ses divers aveux, allait très bien, approuvait toutes les décisions". Je l'ai cru, ai agi en conséquence. Quelques derniers mots de Caroline, une remarque de toi m'indiquaient un accord moins évident. Malentendu, pour le moins.

Que se serait-il passé sans cette classe de neige et le mois agité qui a suivi ? Sans les divers aveux de Caroline ?

J'ai senti de ta part les reproches de lâcheté, d'égoïsme, de trahison. Ils font mal. Je les comprends. Je n'y répondrai pas.

À part mes élèves actuels qui me sont chers, la littérature et la culture aux infinies richesses (anciennes ou pas), ce métier que j'adore, quelques rares personnes, ce collège n'existe plus. Trop de conflits personnels, d'intérêts particuliers, de soupçons, d'arrière-pensées, de manipulations, de médiocrité, de courtisanerie. Je rêve, tu le sais, d'une École dynamique, généreuse, collective, attentive à tous et à chacun, joyeuse – comme la vie quand elle veut bien sourire. Je rêve de relations fortes, vraies, franches, tendres aussi, affectueuses – à l'école comme partout. Le faire-ensemble (voyages, théâtre, cours aussi), avec énergie, rigueur, passion, exigence de beauté, est essentiel. Je partageais ce combat avec Caroline.

Si tu as l'occasion, dis-lui que j'ai pensé à elle pour ses quinze ans – que je pense à elle. Je souhaite que ses choix soient les bons pour aller au bout de ses désirs, de ses projets ; que toutes ses décisions la rendent plus forte, plus riche, plus grande (et plus heureuse si possible). L'esprit libre. Le cœur léger.

Je te souhaite tout cela aussi. Excuse ces mots trop longs. En confidence (confiance – c'est le même mot).

F. »

Il protestait contre les agents de purification morale qui propagent des commérages, ont recours à des méthodes d'intimidation, sont obsédés par la vie sexuelle et les mœurs des autres. F. réprouvait cette lancinante dérive, cette mainmise sur sa vie. Ceux qui s'en prennent à tout ce qui ne rentre pas dans une catégorie voulaient faire de lui un pécheur notoire. Ils criaient au vice et à l'obscénité. Mais que pouvaient-ils comprendre de nos *affinités électives* ? Que je ne sois pas son amante mais son aimée semblait pire. On bannissait F. pour ses manières, ses intentions. L'indécence et la vulgarité du professeur d'histoire étaient mieux passées. On préférait la pornographie à l'amour.

Partir du collège comme je l'avais fait lui avait semblé brutal. Si sa raison le comprenait, son regard, sa bouche, son cœur ne l'approuvaient en rien.

N'avait-il pas eu envie de partir avec moi ? Prendre la route comme Humbert Humbert avec sa protégée à travers le Middle West ? Faire de la jeune fille que j'étais son Amérique en allant d'État en État, de ville en ville, de motel en motel ?

Une part de F. nourrissait le désir de m'emporter avec lui, de guider mes lectures, nourrir ma sensibilité, m'éduquer en art et en amour, me laisser l'initiative de le surprendre par mes goûts, ma garde-robe, me faire grimper sur ses genoux comme une enfant, et me renverser dans ses bras comme une femme. Explorer avec moi toute la gamme des sentiments et vivre ensemble comme ça nous chanterait.

Mais il savait que rien de tout cela ne nous serait permis. Et qu'un jour, je le détesterais de m'avoir enlevée. Qu'il deviendrait comme ce malheureux Humbert Humbert, fou de jalousie à mon entrée au lycée. Que je lui hurlerais : « Je te déteste. – Tu ne me laisses jamais m'amuser – Cette sale baraque est une prison. – Fiche-moi la paix. Je fais ce que je veux, quand je veux, avec qui je veux. »

Les mégères aux griffes de sorcière dégoulineraient de perfidie et d'envie sur le pas de notre porte. « Certains s'interrogent sur votre vie de famille. Les gens parlent, vous savez », dirait un voisin. « Des rumeurs circulent sur vous et la jeune fille charmante qui est avec vous », dirait un autre, peut-être un membre d'une brigade des mœurs ou un maître chanteur prenant plaisir à nous harceler.

Un jour, quand F. serait devenu trop pesant, qu'il aurait fini par dérailler, dévoré de jalousie, une voiture nous suivrait à travers les grandes plaines. Un véhicule de police ou une décapotable rouge conduite par un imposteur émoussé par notre duo, et qui m'arracherait à ses bras.

À l'époque, F. enviait les amoureux n'ayant pas à se cacher, l'indulgence et l'attendrissement qu'ils suscitaient sur leur passage. Il savait qu'il n'éteindrait pas à lui seul le parfum de scandale que notre amour trop vert provoquerait. Les gens nous poursuivraient de leur indignation. Cela m'aurait éloignée de lui et sans doute déchirée.

F. n'était pas le meurtrier Humbert Humbert. Certes, comme lui, il avait les idées claires sur ce qui ferait le bonheur de sa Lolita et ce qui condamnerait son avenir. Mais à sa différence, il agissait en conséquence. Plus que sa passion, c'était ma vie que F. voulait préserver. Il prenait les traits du Mentor dans l'*Odyssée*, l'ami fidèle d'Ulysse qui rend possible son voyage, l'escorte en pensée, guide et protège son fils Télémaque.

F. savait que mon départ du collège était inévitable, ce qui ne l'empêcha pas d'en souffrir. Notre amour n'était pas uniquement la victime des événements et des pressions extérieures ; je semblais vouloir notre séparation. Je n'étais pas assez mûre, assez libre pour supporter ce qui nous dépassait, nous intimidait. Je ne voulais pas me laisser prendre. Mais chercher, dans ma propre vie, notre vibration commune.

Adieu

Je me souviens combien je m'étais sentie seule dans mon nouveau collège. Contrainte à rester vague sur les raisons de mon arrivée un mois avant les vacances scolaires. Aussi du sentiment de perte qui m'étreignait.

Mon lit était mon abri. Je me couchais de plus en plus tôt.

Je haïssais les adultes de tout mon cœur. Sans eux, tout irait mieux. Ils ne sont là que pour traquer les rêves des enfants, ceux qui les ont depuis longtemps désertés, pensais-je alors.

Je haïssais ce monde hostile et dur dans lequel il allait me falloir vivre, ce monde qui faisait obstacle à ma vie et me demandait de taire mon feu. Ne valait-il pas mieux être rayée de la surface de la terre ?

Affligée, blessée, j'avais dû à toute force apprendre à me réfugier dans mon imaginaire pour supporter le dehors. Je ne fuyais pas la compagnie des êtres humains mais je cherchais beaucoup celle des livres, leurs promesses d'ailleurs.

Mon père pensait me protéger de F. en me changeant de collège mais c'étaient plutôt des médisances qu'il m'éloignait. J'étais partie avec mon trésor. Cela arrivera d'autres fois dans ma vie.

J'étais si émue d'avoir vécu un tel amour que je voulais en vivre d'autres sur-le-champ. Je me sentais même assez forte pour ne plus jamais revoir F.

Ses lettres resteront dans mon tiroir secret, comme un talisman aux pouvoirs magiques.

Je me souviens d'avoir été envoyée en stage cet été-là à la maison du tourisme de Vaison-la-Romaine, au lieu du théâtre dont F. et moi rêvions. Mon père cherchait à me désenvoûter d'un filtre, d'une emprise pernicieuse. Il avait là-bas des amis sur qui compter pour *m'encadrer*, me ramener à la raison. Qui avait su que j'avais beaucoup ri avec mon maître de stage, un trentenaire que j'avais cherché à charmer ? J'avais su ruser. Cette mise à l'écart décidée par mon père avait manqué son but. J'en avais fait mon miel.

Voici le brouillon de ma dernière lettre à F.

> « Ne pas savoir rend fou alors je voudrais te dire…
>
> Je porte au plus profond de moi un trésor d'amour et de souvenirs. Trésor intime qui m'apaise les jours de désespoir et de médisance. Dans ton silence qui n'en est pas un, mon amour, tu me soutiens et m'aides à vivre. Je ne permets plus les

jugements de valeur ni les opinions personnelles qui s'immiscent, violent ce qui n'appartient qu'à nous. Qui sont-ils pour juger ce qui leur est inconnu et doivent jalouser en secret ? Longtemps désemparée et en colère contre vous (le vouvoiement n'est pas bon signe...), je t'aurais aimé tellement plus protecteur, proche de moi lors de la tornade, pourquoi avoir fui ? Instinct de survie et d'égoïsme ? Pourquoi ces mots dans le bureau de mon père ? J'y repense souvent. Pourquoi l'amour n'a-t-il pas triomphé ? Chacun a ses limites, en effet.

Jalouse, oui, je le suis. Revers de cet amour si entier sans doute.

Jalouse car au loin, tu vas te reconstruire ailleurs avec d'autres. Tu vas vivre des expériences théâtrales, les partager. Sans moi. Bien sûr, je te veux heureux, plus serein, que tu te réalises dans toutes tes dimensions mais je suis jalouse de celle ou de celui avec qui tu vas aimer de nouveau partager ta passion.

Personne ne saura te remplacer. Je garde le meilleur de nous, hors d'atteinte.

Ma liberté n'est pas la tienne, je le sais. Tu m'as exprimé ton amour d'une autre manière.

Oui, je suis plus en paix ailleurs, mais pas mieux parce que loin de toi. Tu me manques tant.

La vie au collège m'était devenue invivable. Les réflexions, allusions des professeurs, les interminables discussions avec M. ou T. à propos de la classe de neige, échanges particulièrement stériles, pesants à vivre. Se sont ajoutées les jalousies, les mises en scène des uns et des autres à propos de notre “relation privilégiée”.

Je suscitais aussi des fantasmes chez le père d’une de mes amies du collège qui me regardait caché derrière le rideau tiré de son salon alors que je jouais du piano, ou qui se permettait des allusions pour le moins équivoques en voiture. Comme si notre secret, notre amour, m’avait révélée et au même instant donnée en pâture. Chacun rêvait de nous piller. »

J’interromps ma lecture. La corruption ne vient pas d’où l’on croit. Elle n’était pas du côté de F. qui m’aimait du mieux qu’il pouvait et avait le triple de mon âge. Mais chez d’autres adultes que cette lettre évoque, notamment celui qui me guettait derrière son rideau comme un carnassier. Cette fois, je m’étais sentie une proie.

« Je suis mieux loin de cette boue. Mon départ était un choix personnel pour me préserver et retrouver un peu de paix.

“Passer du trop-plein au trop-vide”, en effet. Un jour tu m’as dit: “Sois bien avec toi-même avant d’être bien avec les autres.”

J’ai appris la médisance, l’égoïsme, l’hypocrisie, l’étroitesse des êtres, la jalousie, la solitude, le vide, le gouffre… mais j’ai aussi appris à lutter et à aimer.

Et à partir pour continuer à t’aimer en silence et en paix.

Ta douce, Caroline.

L'Adieu

J'ai cueilli ce brin de bruyère
L'automne est morte souviens-t'en
Nous ne nous verrons plus sur terre
Odeur du temps brin de bruyère
Et souviens-toi que je t'attends.

Apollinaire. »

Attendait-il de moi que je sois sa Pénélope, celle qui espère pendant vingt ans Ulysse parti pour Troie ? Voyait-il en moi l'archétype de la fidélité conjugale ?

Non, car j'étais bien plus *Éros* que *Philia.*

Pénélope résista pendant vingt ans à la cour insistante, voire harcelante, de cent huit prétendants. J'aurais fait mine de résister pour mieux céder.

Mais l'attente restera un ingrédient dans mes relations amoureuses. Je brûlerai souvent de l'absence de l'aimé et serai attirée par ceux qui se font rares et mystérieux.

Sur un Post-it jaune, ce mot de F. :

« Tu habites chacune de mes pensées…

Chaque seconde pleine de toi. Et pleine de ta liberté présente et à venir. De ton seul bonheur – toujours. Le plus haut et le plus pur.

Le plus clair. »

Un autre, le dernier. Comment m'était-il parvenu ?

« Dans l'air pur des cimes, le silence entre nous ne deviendra pas total j'espère.

Sourire tendre

F. »

Le soleil, depuis, refusera de se coucher.

Épingleuse de mentors

Cinq ans plus tard, alors que j'étudiais la littérature et le théâtre, je lui écrivis une lettre. J'évoquais mon parcours, exprimais ce qu'il lui devait. Il répondit, enthousiaste, mentionnant ses réussites académiques, jeune homme, et son échec au concours d'entrée du Conservatoire national d'art dramatique de Paris. Trop légèrement sans doute, il parla de mon jeu de séduction à mes quatorze ans, de ma précocité, ajoutant : *en avant les retrouvailles !* Il m'apparut inélégant à se poser en victime de mes charmes et un peu sûr de son fait. Cela me rappelait la confession d'Humbert Humbert qui attribuait à Lolita l'initiative de leur premier rapport sexuel. Je le rembarrai violemment, le renvoyant à sa responsabilité d'adulte. *Tu aurais dû avoir un coup d'avance et me protéger par des mises en garde.* Mes mots couchés sur le papier sentaient fort la morale dont mon entourage m'avait aspergée.

F. fit silence.

Nous prîmes vingt ans.

Il aura donc fallu attendre deux décennies pour que je ressurgisse avec nos lettres. Tout autre. Et lui aussi sans doute, plus fragile. À nouveau, à parts égales.

Je ressens beaucoup de tendresse pour ces années initiatiques. De gratitude pour ce que j'ai vécu dans le trouble du plaisir défendu, dans ce que j'y ai découvert d'ailleurs poétique et de liberté. Une éducation sentimentale. Un aller vers la sensualité.

À quarante ans, que reste-t-il en moi de la jeune fille de quatorze ans ? Je sais intimement combien le désir est un jeu subtil, paradoxal et amoral. Cette expérience n'a pas fait de moi une femme punie comme Lolita qui croupit dans une vie lugubre, *irrémédiablement ravagée à dix-sept ans*, ni vengeresse dans la lignée du mouvement #MeToo. Je l'assume comme une période élue, ambiguë et fertile. À l'empreinte inoubliable.

J'y lis aussi les prémisses de ma relation aux hommes. Ne suis-je pas devenue une *épingleuse* de mentors ?

Pour reprendre les derniers mots de Pavese laissés dans la chambre d'hôtel de Turin où il se donna la mort, et les détourner en faveur de la vie : l'amour viendra et il aura tes yeux. Les yeux de F.

Souvent aimantée par des hommes plus âgés que moi, j'ai cherché à leur contact à rejouer le pas de deux de mon adolescence. J'ai été attirée par des hommes qui avaient un certain ascendant dans un domaine où je cherchais à apprendre et à grandir. Leur maîtrise, leur autorité, cette espèce de tranquillité et de distance froide qui caractérisent ceux qui n'ont rien à prouver ont eu le don de me séduire. Vivre ces relations charnellement n'était pas indispensable mais la confidence de leur trouble provoquait le mien. Être un objet de tentation fut mon grand délice. Je me sentais infiniment libre sous la prise d'un homme mûr qui me désirait. Ma sensualité se déployait dans ce jeu subtil et équivoque.

Le contexte post #MeToo prohibe tout fantasme féminin d'assujettissement. Et pourtant...

L'emprise, je l'ai cherchée, non pas pour en être la victime, mais pour nourrir mes fantasmes et les vivre avec celui qui les suscitait. Il existe des jouissances moralement interdites qui se muent en secret partagé, en rituel avec un allié. Parmi les images érotiques qui me traversent, il y a celle-ci. La nuit tombe dans une chambre fermée à clé. Je suis dans un coin à demi nue. Un étranger qui attache un regard tranquille sur mon corps, sans le toucher, me barre le passage ; sa faim plantée dans ses yeux coule dans mon cou, entre mes seins, sur mon ventre, le long de mes jambes. Il mord ma peau, descend entre mes cuisses, me boit tout entière, me fait goûter l'odeur de mon désir sur ses lèvres, s'écarte pour voir si j'oserai m'échapper. Je m'offre en cherchant à me dérober, me resserre sur qui me tient. C'est dans cette prise que je suis libre, captive avec délices. *Viens*, entend-il comme on supplie, avant de me prendre dans l'angle dur.

Je n'ai pas fait que désirer ces êtres, je les ai aimés aussi. J'ai aimé ceux qui déclaraient devoir prendre des précautions avec moi. Ils ne voulaient pas abuser des circonstances ni de leur position d'aîné dans ma vie. Je troublais l'homme en eux et menaçais, dans le même temps, l'édifice de leurs responsabilités et l'idée qu'ils se faisaient de leur devoir. S'ils venaient à *basculer*, ils redoutaient où cela les conduirait.

Ils se demandaient si une fois passé de l'autre côté (qu'ils ne définissaient pas clairement mais dont la part d'inconnu et de risque pouvait les effrayer), ils sauraient avoir la bonne distance pour continuer d'exercer leur rôle vis-à-vis de moi. Au cours de nos rencontres, leurs scrupules semblaient fondre comme neige au soleil. Quand l'émotion nous submergeait, le cœur et la chair semblaient sur le point de remporter la manche. Le devoir allait bientôt plier. La lenteur me semblait à son comble, pourtant, au même instant, il pouvait brusquement se reprendre.

À quatorze ans, j'ai été mise sous projecteur. F. m'a regardée les yeux pleins d'étincelles et mon image semblait en être parée grâce à lui. Cela a induit un rapport particulier à l'amour. L'extraordinaire devenu l'alpha et l'oméga de la relation amoureuse.

La réciprocité moins. Adolescente, je ne pouvais pas le rejoindre dans son histoire, je n'avais pas la maturité affective pour cela. Nous partagions des sensations et des émotions, pas sa vie à lui, le sinueux de son parcours d'homme. Il craignait de m'alourdir, il voulait me réserver la légèreté solaire. Il me faudra trente ans pour apprendre à aimer. Y suis-je parvenue ?

Il m'est arrivé aussi de céder aux injonctions de mon père. Comme je l'ai écrit plus tôt, j'ai quitté mon aimé, Bastien, sous sa pression. Je le revis en cachette après notre rupture mais sans parvenir à refermer sa blessure, à éteindre son humiliation ni à m'opposer à mes parents. Sa mort brutale fut ma punition. Celle de l'innocent sacrifié.

Sous la menace paternelle, j'avais trahi l'amour. Mon père me pria de lui pardonner le jour de la mise en terre.

C'est la vie, furent aussi ses mots à l'instant où j'appris l'accident mortel. Il fallait évacuer le chagrin sans délai. Il n'annula pas le dîner prévu avec ma mère chez des amis. Une heure après la nouvelle, il exigea de moi que je m'occupe des enfants des voisins comme prévu. *Vous ne garderez pas mes filles dans cet état* fut la seule phrase censée prononcée ce soir-là par le couple en question.

Réprimer ce que j'éprouvais resta longtemps le mot d'ordre de mes parents.

La bataille que j'ai menée ne fut pas de me laver d'une prétendue souillure d'un Humbert Humbert, ni de me défaire d'une aliénation, mais de cesser d'étouffer mes émotions et ma vie intérieure. Les projecteurs d'une époque se trompent parfois dans leur orientation.

Il me faudra du temps pour m'appartenir, m'exprimer en mon propre nom. Je n'y serais jamais parvenue sans les dons de F., l'art, la beauté et l'amour.

Certaines créations théâtrales qui ont fait date – des mises en scène de Strehler, Chéreau, Grüber, Mnouchkine, Brook ou Régy – et les textes fondateurs auxquels F. m'a initiée et que nous avons partagés ensemble nous ont permis de vivre notre relation, d'en apaiser les douleurs, d'en porter les échos sublimés. Ils ont élargi l'espace, ont soufflé la vie que nous avons bue à pleine bouche. Ils resteront dans ma vie de femme et de créatrice la zone libre du désir.

Rideau

F. range les lettres une à une dans l'obscurité de la nuit. Il se sent envahi de douceur. Il me sourit alors qu'il ne m'a jamais revue ; moi qui ne l'ai jamais quitté.

J'ai voulu susciter son éveil tout en dominant mon désir, se dit-il à lui-même. L'équilibre fut précaire, mais la beauté partagée nous aura permis de tenir et de vivre par procuration ce qui était à vivre.

F. m'avait dit que nous nous retrouverions à mes dix-huit ans. L'avais-je voulu aussi ? En nourrissais-je l'espérance ? Il n'en est pas certain. Mon amour apparaissait sans but à l'adolescence. Des années plus tard, il me semble toujours difficile de porter au jour l'amour authentique, brûlant, tenu longtemps dans l'ombre. Mais plus qu'hier, j'y aspire.

Peut-être l'a-t-elle prolongé à travers la création, se demande-t-il, à la suite de mon initiation, de notre histoire qui plongea au plus profond, au plus trouble d'elle-même. A-t-elle gardé cette sensation de danger en amour? Son mot joint aux lettres ne dit rien de sa vie.

La passion que j'ai inspirée à F. ne l'a pas dévoré même si le fantasme de mon retour a pu avoir sa part de douleur. À ce que j'en comprends, je ne fus pas seulement le visage de la tentation pour lui, mais la cime haute de l'ailleurs qu'il aspirait à vivre. Notre histoire ne fit pas de lui un vicieux ni un blasé. Sans doute a-t-elle accentué sa méfiance à l'égard des grandes personnes si promptes à faire entrer de force les êtres dans des catégories, à salir ce qu'elles touchent.

Ce fut un amour par effraction, se dit-il à lui-même. Un amour qui défia les tenants de l'ordre, renversant les stéréotypes qu'on se fait à propos de l'âge, de l'ascendant d'un homme mûr sur une jeune fille, sur ce qui est toléré et ce qui est interdit. Nous avons habité un *no man's land* placé sous le signe de l'effraction, de la détestation de toutes les formes béotiennes de l'amour. Bien que nous ayons eu cette gravité de qui n'ignore pas qu'il enfreint ce qui est de règle, nous jouions une partie qui nous éloignait d'un monde étouffant, où la méfiance est le maître mot.

La vie au collège fut assez grise jusqu'à sa retraite, mais F. n'a pas cessé de se rendre dans les salles de théâtre où une certaine enfance était préservée. Il pensait m'y croiser un jour. Il m'espérait heureuse, se demandait souvent s'il avait été une source de lumière pour moi, une occasion d'éveil. Il comprend aujourd'hui à quel point il le fut.

Je te remercie ma précieuse pour ces lettres, notre poème du désir, murmure F. tout bas à la nuit qui a recouvert le jardin. Merci de les avoir gardées toutes ces années, je les ai relues avec tendresse, avec une certaine nostalgie aussi, mais sans regret. Je fus ton captif autant que tu fus la mienne. Nous nous sommes brûlés à demi et ce feu délicieux réchauffe encore mes os. Il y a vingt-cinq ans, tu m'avais fait presque oublier que la mort existait. Et ce soir, même la vieillesse n'est rien.

Remerciements

Un être peut croire en vous indéfectiblement, par-delà vos propres doutes.

Cela n'arrive pour ainsi dire jamais.

Merci à Linda Lê.

Achevé d'imprimer
sur Roto-Page
par l'Imprimerie Floch à Mayenne
en janvier 2023.
Numéro d'imprimeur : 101783.

Imprimé en France.